NINE STORIES

ナインストーリーズ

乙川優三郎

文藝春秋

contents

カバー写真　Photo by Igor Ustynskyy /Moment /Getty Images
装丁　大久保明子

ナインストーリーズ

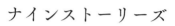

初出
オール讀物

1/10ほどの真実	2019年11月号（「十分の一ほどの真実」改題）
闘いは始まっている	2020年2月号
蟹工船なんて知らない	2020年5月号
パシフィック・リゾート	2020年3・4月合併号
くちづけを誘うメロディ	2020年6月号
安全地帯	2020年7月号
六杯目のワイン	2020年9・10月合併号
あなたの香りのするわたし	2020年11月号
海のホテル	2021年1月号

1/10ほどの真実

the first story

よい乗客に恵まれてパリへ向かうジェット機のキャビンはひっそりしていたが、真辺《まなべ》は時間潰しに見はじめたフランス映画の美しさに熱くなっていった。中世の貴族社会を現代的にアレンジした映像は華やかで、ファッションショーを思わせる独創的で煌《きら》びやかな衣装が影の主役のようであった。文句なしに美しいので、彼は物語の展開よりも女性のアクセサリーを追うことに目を奪われてゆき、やがてそれらが瑛子《えいこ》のデザインであることに気づいた。貴婦人の胸を飾るブローチに彼女が得意にする鶴の意匠を見たからであった。

日本の蒔絵を思わせる意匠が当時の西洋にあったかどうか、映画の中では微《かす》かな違和感を醸しながらも精華を見せつけている。映像の美としての役目を果たしているだけに、彼はよい仕事とみたが、かわりに犠牲にした夫婦の時間を惜しむ気持ちでもあった。

やはりデザイナーで大手出版社の装幀室に勤める真辺と、宝飾デザイナーの瑛子をつなぐものがメールだけになってそろそろ十年になる。早すぎた結婚の苦労、流産、仕事の不調とつづいて落ち込んでいた瑛子がパリへ飛んだのは自身を立て直すためで、そのときは真辺も理解した。半年から一年の予定であったし、日本で売れないデザイナーがパリで通用するとも思えなかったから、なにかを吸収して帰ってくるなら、それも養生だろうと考えた。しかし、フランス語を話せない女がパリで生き延びる確率は彼の計算違いだったらしく、瑛子はフランス語を習得し、やがて仕事にもありついたのである。当初は研修生並みの待遇であったが、異国の環境でもへこたれない女は異端児として徐々に認められてゆくという幸運を手にした。それも真辺には予想外のことで、夫婦でいるために彼の方がパリへ通うことになった。といっても年に一度のことである。装幀家に暇な季節はなく、相手の都合もあるので、たいていは真辺が時間を遣《や》り繰《く》りしてフランスの夏休みに落ち合う。けれどもパリの一週間はあっという間に過ぎて、白日夢でも見たように脱力して帰ってくるのがいつもの落ちであった。

それぞれの仕事はインターネットの画像で相手に見せることができるので、感性の変容は想像がついたが、なにを食べ、どこへゆき、なにを考えて暮らしているのかまでは見えてこない。それが離れて暮らすということらしく、相手の変化に期待もすれば不安にもなる。今度の旅の間に夫婦の未来図を確認するつもりでいた彼は、映画を見るうちに瑛子ひとりの未来図がくっきりと見えてくることに不安を覚えた。いま彼女がこの世界を捨てることはないだろうと思い、その成功を祝福したい一方で、引き離したい衝動に駆られたりもするのだった。ふと隣り合わせた女性の指輪に目をやりながら、彼は一年前にパリへ飛んだとき、夜のカフェで彼女が洩らした言葉を思い出した。

「私の頭の中はいつもデザインのアイディアが飛び交っていて、いちいち描き出すのがもどかしいほどなの、頭の中を写真に撮れたらどんなにいいかと思う」

「僕が撮ってやろうか」

「無理でしょうね、たぶん違うものになってしまうから」

真辺は同じデザイナーとして後《おく》れを取っている気がした。本の装幀は編集者の希望をもとに作るので、技術は発揮できるものの、結果は妥協の産物とも言える。オリジナルのアイディアを売る瑛子にそれはない。突き返されたり、罵倒されたりしながら、最終的に生み出すものは「エイコ」と呼ばれる。そこまできた女を日本へ連れ帰るのは、パリを東京へ持ち帰るようなもので何年かかるか知れない。だから自分がパリに移り住むことも考えたが、それには語学の才能もパリを愛す気持ちも足りなかった。

彼は旅行でゆく外国は好きだが、いつかそこで暮らすことを夢見たり、仕事の可能性を考えたりするタイプではなかった。国内旅行でもそうである。どんなに素敵な街であっても、いっとき憩うことと根を張ることは別の話であった。たぶん人間が内向きにできているのだろう。ちょっと歩けばなんでもある東京の暮らしに馴れてしまうと、それはそれで快適であったし、美しい景色や文化と引き換えにわざわざ苦労する気にもなれない。その気になれば独立できる仕事も、定年まで会社に勤めて決まった給料をもらうのがよかった。

「デザイナーの風上にも置けない」

パリの瑛子は言った。創造するための想像力をどこで養うのかという理屈であった。実際、日本の瑛子はそれで失敗したような節がある。当時の彼女は勤め人にはできそうにない大胆な発想をよくしたが、枯渇するのも早かった。発想に必要な刺激を補給できる環境ではないこともあって、沈んでしまうと手がつけられなかったが、やがてパリに活路を求めて自ら脱出した。慎重な真辺にはできないことで、そのあたりから二人の資質や気概の違いが了然としてゆき、夫婦でいることの意味は曖昧《あいまい》になっていった。

彼の十年は単調な流れのうちに過ぎて、瑛子に対する愛情も変わらなければ独身に等しい自由を謳歌することもなかった。安定した仕事と収入によって無難に流れる日々が単身の支えであった。変わったといえばマンネリ化したデザインにときおり溜息をつくようになったことと、装幀室に女性が増えたことくらいであろう。好きな仕事であるのに、装幀が難航して苦痛になるときがある。同僚の若い女性に意見を求めると、はやりのデザインですが、この作家の本に見えませんね、と急所を衝《つ》かれた。小説を読み、それらしいイラストを使って、それらしい文字を置き、それらしく仕上げたカバーはなんら発光するものがなく、無様であった。ああ、これか、とかつて瑛子が突きあたり、毛嫌いした壁に思い当たると、彼の自信は呆気なく崩れた。

瑛子の真似はできないものの半歩でも追いつこうと思うとき、胸を熱くするのはデザイナーとしての焦燥であった。半歩どころか十歩も先をゆく妻の目に映る自分が、どれほどのものか、ようやく見える気がした。しかしそうして夫婦が互いに切磋《せつさ》する人生は悪くないと思った。問題は現実の生活をどうひとつに戻すかということである。彼の現状は東京のマンションにひとり暮らしして、通勤し、休日も外食という生活であった。誰かに迷惑をかけるわけでもなし、ひとり暮らしにしては清潔に暮らしている。騒音を遮断する窓があり、長閑《のどか》な川が見え、たまに電話をくれる友人がいて、孤独に震えることもない。その限りでは幸せであった。

ジェット機がドゴール空港に着くころ、真辺は一年分老けた瑛子が駆け寄ってくる姿を思い浮かべていたが、税関を出ると彼女の友人の照美《てるみ》が待っていた。

「瑛子さんは急な打ち合わせが入って来られません、夜の八時には帰るそうですから、それまで私で我慢してください」

フランス人と結婚して平穏な日々を送る女ははきはきした物言いをした。車の運転もそのままで、アクセルとブレーキの使い分けが恐ろしく忙しかった。飛ばすかと思うと急に減速して、ここは危険ですからと言うより早くまた加速する。まるでプロのレーサーである。景色に覚えがある真辺も街路樹が飛んでゆくさまにはさすがに耐えかねて、

「照美さん、もう少しゆっくり走れないか」

そう言っていた。

「いいですよ、追突されてもいいなら」

「交通法規があるだろう」

「後ろの車に言ってください」

小一時間も走ると車は凱旋門を見ながら横道へすすんで、パリの汚れを一身に引き受けたようなホテルの前にとまった。当然瑛子のアパートへゆくものと思っていた真辺は裏切られた気がした。瑛子に会いにきてホテルに泊まることは今までにないことであった。といって頼まれただけの照美に問い質《ただ》すわけにもゆかない。

「客室はきれいですよ、今風に改装して、ユニットバスもあります」

と彼女は言った。パリの街を熟知していることを自信するふうがあった。伝統や格式が醸し出す威圧感が苦手の真辺はくつろげそうになかったが、案内された部屋は確かにこざっぱりとしていた。小ぶりのフルーツバスケットにカードが添えられていて、いい子にして待っててね、と書かれた瑛子の癖字を見ると、いくらか気が安らいだ。

夕食にはまだ早い時間であったが、照美は機内食に飽きたであろう真辺を外へ連れ出した。その方が安上がりで美味《おい》しいという。彼が大衆食堂の雑然とした雰囲気が好きなのを知っているのか、彼女がタクシーで案内したのは運河のほとりの枯れ果てたようなビスト口で、窮屈な造りを逆手に取ったインテリアの色調に味わいがあった。

「ホテルの風格はありませんが、シェフの腕は抜群です」

「自信満々だね、お勧めはなんだろう」

「あの黒板に書いてあるものなら、なんでも美味しいでしょう、とりあえず生ビールと生ハムをもらいましょうか、瑛子さんともよくそうするんです、彼女はエスカルゴが苦手だから」

歯切れよく話す女の言葉に、真辺はちょっとした引っかかりを覚えた。店は瑛子の好みではなかったし、エスカルゴが苦手というのも初耳であった。瑛子とはよく会うのかと訊《き》くと、会いはじめるとつづくが、会わないとなると死んだように顔を見せない、と照美は笑った。その部分はうなずける話であった。

フランス語で暮らすようになってから瑛子の思考はフランス人的になって、好んで主張し、論破する傾向が見られた。わけもなく笑わない、会う必要がないなら会わない、行列に並ばない、といった日本人とはほぼ逆の行動を選択する。しばらく前に渡航の予定を伝えた真辺に、今はありがたくないから来ないでと返してきたのを彼は思い出した。最後には折れたものの、気が向かなければはっきりそう口にする女になって、理由にも事欠かなかった。異文化と格闘した女の人間的な成長とみて、真辺はようすをみてきたが、つづくとやはりきつい女を感じるのだった。

「そういえば瑛子とエスカルゴを食べた記憶がない、日本にいたときはスッポンが苦手だったが、あれは食わず嫌いだろう」

「スッポンてそんなに美味しいものですか」

「見た目と味は大違いだね、雑炊のスープは格別だよ、今度日本へ行ったら食べてみるといい、きっとご主人も気に入る」

「行くとしたら、ひとりですね、実は離婚しました、慰謝料がわりに彼の故郷のワイン畑を分けてもらいましたが、これが全然儲からなくて困っています」

彼女は一身上のことを言い出したが、その口調や表情からは切羽詰まっているという感じはしなかった。相手が日本からやってきてすぐまた帰る男だからか、気軽に話せるらしかった。けれども会ってから二時間しか経っていないことを考えると、やはりフランス人化した女を感じないではいられなかった。

日本の都会的な女性とも趣の異なるお喋《しゃべ》りは愉しく、料理もおいしかったので、真辺は酒を過ごしそうであった。照美に任せた料理はエスニック風で、ほどよく香辛料がきいているのがよく、移民の食文化が街のレストランにも影響を与えているらしかった。日本のものも今では良いものが入ってますよ、と彼女は言い、高級レストランでは昆布や鰹節を使うし、日本の大根まであると話した。

「むかしの日本人が苦労を覚悟してやってきたころとは時代が違うね、パリは街も人もお洒落《しゃれ》だし、住んでしまうと移る気になれないらしい」

「日本へ帰ってもパリのようには暮らせないからです、ここにいればなんとかなることが日本ではどうにもならないことのように思えてきます、実際そうだと思います」

「日本には好きな居場所がないか」

「まず世間が受け入れてくれません、私のような女は外国かぶれの風来坊にしか見えないでしょう」

「瑛子はどうだろう」

「彼女の仕事には芸術と言ってもおかしくない部分があります、日本にも仕事はあるでしょうが、そこまで理解されるかどうか、仕事のやり方も違いますし」

瑛子の言いそうなことを代弁しながら、照美はまたワインとチーズを注文した。日本と比べるとパリの食事はのんびりしている。彼女はデカンタのワインを真辺にすすめて、自分は残っているパンやチーズを美しい所作で口へ運んだ。そのときになって真辺は彼女の左手の指輪に気づいた。

「瑛子のデザインのようですね」

「そうです、ダイヤは安物ですが、素敵なデザインでしょう」

照美は掌《てのひら》を返して真辺に見せた。小粒のダイヤで葡萄《ぶどう》を表したもので、意図したものかどうか彼女の今の身の上を象徴している。日本の女性ならまず年齢と相談してしまう類《たぐ》いの指輪だが、パリで見る限り誰の指であろうと自然であった。彼はそこに瑛子の可能性もあるのかもしれないという気がした。

「これ、今は私だけのデザインですから、みんなに羨《うらや》ましがられます」

と照美はいくらか誇らしげであった。

「真辺さんは装飾品のデザインはなさらないそうですね、やはり本のデザインとは勝手が違いますか」

「美しいものを求める感性の部分で通い合うところはありますが、まったく別物です、もし僕が指輪を作ったら恐ろしい代物になるでしょう」

「実は私も少しデザインを齧《かじ》ったことがあります、インテリアでしたが、結局物にならずに結婚へ逃げました、外国人がパリで一人前になるのは大変なことなのです」

挫折したときの彼女は日本へ帰ることが怖くなって、なんとかパリで暮らしつづけるために日本料理の店に勤めたりしたという。敗北してパリに留まることも、成功して残ることも、突きつめれば同じ線上の答えにすぎない。どちらにしても日本にパリ以上の仕事やポストが待っているとは考えにくいからであった。

「瑛子と気が合うのはその線の親近感のせいかもしれませんね、デザインを仕事にする人たちの関係は互いを好きになるか嫌いになるか、はっきり分かれます、たとえばシャネルスーツを好きになるとシャネル本人まで好きになる、相手の才能を認めることが好きになる条件でしょう」

「本の装幀でも誰かを意識しますか」

「そりゃあ、しますよ、他社の本を見て、なかなかやるじゃないかと感心したり、ろくでもないと見下したり、まあ嘲笑する方が多いでしょうね、そのくせどこかで会えばにこにこして互いの苦労を慰め合う」

「とても日本的ですね、パリに暮らすと人前でにこにこするのが面倒になります、愛想笑いというのか、好きでもない人に微笑《ほほえ》みかけるのは欺瞞《ぎまん》ですし」

「それが本当かもしれないが、却《かえ》って疲れそうだな」

日本の外で暮らしたことのない真辺は自ずと日本の習慣に従って生きているので、いまさら不自由に思うこともなかった。照美や瑛子がもし日本へ帰ったら、そんなことにも戸惑うのだろうかと考えた。

「パリのよさが分からないではないが、とにかく瑛子にはそろそろ日本で働くことを考えてほしいと思っています」

「彼女が帰国したら、淋しくなる人が大勢いるでしょうね、いえ、困る人かな」

「いちばん困っているのは僕ですよ」

「瑛子さんが日本に帰れば解決することでしょうか、いま彼女はデザイナーとしてとても重要な局面に差しかかっています、もうしばらく見守ることはできませんか」

照美は瑛子を庇《かば》っていると感じながら、真辺は彼女を相手に反論する気にもなれなかった。このいつも漠とした不安にさらされる時間が苦手であったし、彼女を説得したところで瑛子がうなずくわけではなかった。

食後酒のリキュールをもらって、彼らはビストロを出た。外は夜になっていて、運河のほとりにも点々と明かりが散っているのが美しい。今日の務めを果たした照美は酔ったふうもなく、さっとタクシーを拾って真辺を押し込んだ。

ホテルに帰って照美と別れると、シャワーを浴びて瑛子を待つよりほかにすることもないので、彼は短いメールを送って、体を休めた。旅の疲れに酔いが重なり、瑛子を抱けるかどうか怪しくなっていたが、どんな顔でくるだろうかと期待した。けれども夜の九時を過ぎても彼女は現れなかった。メールの返事もこない。待つのも億劫《おっくう》になってきた彼はいつかしら眠りに落ちてしまい、夢の中で妻と話しつづけた。

朝おそく目覚めて携帯電話を見ると、夜中に瑛子からメールがあって、今夜は行けそうにないが、明日のランチタイムには都合をつけます、とある。彼は着替えて、近くのカフェまで歩いてゆき、軽食をもらいながら、通りの人の流れを眺めて過ごした。パリへきても瑛子がそばにいなければ名所を巡る気にもなれないのだった。かわりに街角のテラスに憩う時間がせいぜい彼のパリであり、街のどこかに瑛子がいなければそうする意味もない不自然な休らいであった。

その日の昼下がりに瑛子から遅れるという知らせがきて、ホテルのロビーで待っていた真辺は消沈して部屋へ戻った。

「仕事を片づけてからゆきます、その方がゆっくりできるから」

場当たりな理由であったから、いつのことになるか知れない気がした。いまさら昼食を摂る気にもなれずに彼は寝てしまったが、小一時間もしただろうか、ドアをノックする人がいて、出てみると瑛子が立っていた。

「遅くなってごめんなさい、これでも急いだのよ」

「また待ち惚けかと思った、夢じゃないだろうな」

「お昼は食べたの」

そう訊きながら入ってきたとき、真辺はまた磨かれた人を感じた。一年分だけ老けたはずが、薄い夏服のせいか女が匂い立つようであったし、アイボリーのサマースーツにゴールド尽くしのアクセサリーが美しく映《は》えている。老けるどころか、成熟へ向かって邁進している女は眩しいほどであった。

腰を抱き寄せて口づけを交わすと、彼女はたじろいで、近くに人を待たせているの、時間がないのよと言いわけした。それも慮外なことであったが、年下の男を宥《なだ》めるような口調だったので真辺は不審に思った。急に白けながら、ゆっくりできるはずじゃなかったのかと訊くと、瑛子は顔色を直して答えた。

「世間は夏休みでも、働いている人はたくさんいるわ、私もそのひとりで今しかできないことがあるの」

「ばりばりのビジネスウーマンか」

「皮肉はよして、下でコーヒーでも飲みながら話しましょう」

「パリまでコーヒーを飲みにきたわけじゃないんだがね」

一年を経た再会は角立《かどだ》って、渇いた夫婦らしい濃密な触れ合いがなかった。レストランでコーヒーとサンドイッチをもらいながら、ふたりは残る時間の過ごし方を相談した。メールのかわりに一年の空白を埋める語らいが必要であったし、夜は夜で激しく求め合い、次の空白を乗り切るための豊かな記憶を作らなければならない。真辺はそのためにきたのだし、できれば瑛子の帰国を確かなものにしたかった。

「時間は作ります、今日一日がんばれば明日から三日ほど休めると思う、アパートが資料でひどいことになっているから、小旅行でもしましょうか」

ストラスブールかリヨンはどうか、と彼女は誘ったが、真辺は気が進まなかった。

「旅行はもういい、君が一緒なら運河のほとりで一日を過ごしてもかまわない、気が向いたら辺りをぶらぶらしてもいいし」

「だったら私がデザインしたジュエリーを見にゆきましょう、一流の宝石店のショーケースは見飽きないわ」

「それもいいが、その前にゆっくり今後のことを話し合いたい、忙しく動くと三日はたちまち過ぎてしまうだろう」

彼は切実な気持ちを伝えたつもりであったが、瑛子は残ったサンドイッチを摘まみながら、あなたは毎年セックスをするためにきているようなところがある、もっとフランスの文化を愉しんだらどうなの、と切り返した。

「私はパリを知るのに十年かかったわ、それくらいのものがこの街にはあるのよ」

「それは東京も同じだろう、君は東京には目をつぶってパリばかり見ている、たしかに外見は東京の街より美しいが、人間は古い窮屈な建物に暮らしてずけずけ物を言う、社会の秩序や調和という点では東京が勝《まさ》っていると思うがね」

「しっかり見てもいないのに、よく言うわ」

彼女は唇をすぼめた。

「君を見ていれば分かるさ、素晴らしい仕事をしていることは認める、しかし会う度《たび》にきつくなっている女を見て喜ぶ男はいないだろう、君という人間が大きくなっているとしても、夫婦のこまやかな交情まで希薄になるのはまずい」

「空港へ出迎えにゆかなかったことが気に障《さわ》ったのなら、謝ります、でも忙しいことは伝えていたし、私の願いを脇へ置いて強行したあなたにも責任があります」

「分かった、挽回しよう」

「明日の午前中に迎えにきます、運河でもどこでもつきあいますから、皮肉や非難はやめて愉しくやりましょう」

ふたりは言い合い、まもなく瑛子は帰っていった。ホテルの玄関まで見送りにゆき、さっと現れた車を見たとき、真辺は彼女の日常を眼《ま》の当たりにしながら、男の保護をすり抜けてゆく女を見ていた。

次の日から彼らはタクシーでパリの街を巡り、静かな場所で降りては歩いた。恋人たちのオアシスであるセーヌ河のほとりは閑々として、愛のオブジェが陽射しより眩しいほどであった。見馴れている瑛子は気にするふうもなく、颯爽と歩いた。木陰に休み、カフェのテラスに憩いながら、話すことは夫婦のありようや不確かな未来についてであった。夫婦というメジャーで物事を量らなくなった瑛子はこの話題を嫌って、別れる必要もないけど、無闇にくっついている必要もないのが今の夫婦じゃなくて、と言いのけた。帰国をすすめる男の気持ちを理解しながら、一段上の大人の顔を見せて、まだパリでやりたいことがたくさんあるから、と同意しなかった。予期したことで、真辺は数年先のこととして話してみたが、それにも彼女は一言で返した。

「帰国を目標に生きることは、今すぐ帰るのと同じことです」

「帰国は敗北じゃない」

「敗北から始まったパリです、渡航を許してくれたあなたに感謝しています」

そういう女に後ろめたい気持ちがあるとしたら、成功への元手に夫婦の資金と歳月をあてたことであろう。真辺はつつきたくなる気持ちを抑えて、十年はひとつの区切りだろうと話した。

「十進法で切り替えられるほど私の人生は単純ではありません、さあ歩きましょう」

パリには洒落た路地が多い。アトリエのつづく閑静な小道もあれば、不意に市場のような窮屈なにぎわいが現れたりする。見知らぬ場所を歩くことに真辺が快い興奮を覚えるのは、そばに瑛子がいるからで、彼女はさりげなく情趣に富む場所へ案内した。

ヴェルヌイユ通りの古い家並みは見もので、画廊や骨董品店と軒を並べる製本のアトリエは真辺の目を引いた。日本では見かけない商売が、落書きだらけの壁の間に生き延びているのが頼もしく、おもしろかった。しかも日本の装幀など通用しそうにない、鮮やかな色の本が堂々としている。リボンが似合う本というのも日本には少ない。彼は瑛子の計算を感じながらも、初めてパリの文化に魅せられていった。

夕方、ホテルに帰ると、彼らは飽くことなくベッドで過ごした。真辺は女盛りの懐かしい肉体を貪《むさぼ》り、瑛子もそれに応《こた》えた。充たされたあとの酒と食事は妙にのどかで、彼は夫婦でいられることに安堵《あんど》した。

次の日も街を歩き、カフェに休んでは同じ話を繰り返した。瑛子の意志が変わるはずもないが、東京も変わったから一度見にこないかと誘うと、いくらかの興味を示した。

「そのときはティファニーへゆこう、彼らならエイコを歓迎すると思う」

「ヘップバーンのようにはゆかないわ、でもパリなら私でもなんとかなる」

そのあとふらりと入った宝石店で、真辺は瑛子のパリを見ることになった。ショーケースの一隅にエイコブランドのジュエリーが並んでいて、どれも斬新なデザインが輝いているのだった。彼はデザイナーとして格の違いを感じないではいられなかった。会社に守られてどうにかやっている自分がパリへ移り住むことと、彼女があてにならない日本へ帰ることには天地ほどのひらきがあると分かった。しかし夫婦の人生まで同じ秤《はかり》にかけるわけにはゆかない。

なんの答えも出ないまま三日目の午後になり、瑛子がアパートへ帰ってゆくと、真辺はすることもなくホテルに籠った。パリへきて五日が過ぎようとしていたが、情を交わしたほかに収穫と言えるものはなかった。明日を過ごして彼は帰国することになっていて、瑛子は空港まで送ることを約束した。出迎えるより見送る方が精神衛生上もよいのかもしれない。一年前にも似たような一週間を送って、充たされたような、あてどないような気持ちで帰国したことを思うと、真辺はどちらが譲歩するにしろ、いつまでも瑛子をひとりにはしておけないと意気込んだ。

一夜がゆくと、彼は最後の一日をひとりで過ごす侘しさから逃れるために運河へ行ってみた。両岸に並木がつづく運河で、セーヌのほとりより気儘に憩えそうな場所である。果たしてひとりで憩う人がそこここにいて、並木の緑に染まりながら運河をゆく遊覧船を眺めている。夏休みのせいか、仕事を持つであろう若い人もいれば老人もいる。真辺も岸辺の柵にもたれて瑛子の心境を分析したり、日本に待っている仕事を思ったりした。

パリの一週間は、やっときたかと思うと別れる早さで、夫婦の時間を満足に持てないことが惜しまれた。強引に出かけてきたせいか、今度の旅では次の空白を乗り切るだけのものが生まれていなかった。次に会うとき瑛子はなにを言い出すだろうかと考え、彼女の心を捉えて離さないパリに嫉妬した。けれども日本に帰って会社へ通う生活に埋没するうち、段々に折り合いをつけてゆくことになるのも自明のことであった。

昼下がりにホテルへ戻り、彼は荷造りをはじめたが、日本から持ってきた土産を渡し忘れていることに気づいて、瑛子のアパートへ運んでおこうと思った。土産は上等の味噌や乾麺で持ち重りがすることもある。合鍵があるし、ついでにアパートの近くにある商店街で日本への土産を買おうと考えた。

ホテルからタクシーでテルヌ広場へ向かうと、裏手にある彼女のアパートは石壁が汚れて蒼然たる風情だが、通りは野菜の市場や安物の衣料品店のお蔭でにぎわっている。豊かさの匂う表通りに比べ、庶民の生活の匂いがぷんぷんしている。凱旋門から放射状に延びる道のひとつを間違えずにゆけばシャンゼリゼもすぐそこだが、どことなく浅草の感じがすると言って、瑛子はその混雑を愛した。華やかな仕事の世界と、ちっぽけなアパートの暮らしが、どうしてうまくゆくのか真辺には不思議であった。

夏でも暗い階段を上って三階の部屋を訪ねると、ドアに鍵がかかっていないので、

「いるのか」

彼は期待して声をかけた。まもなくトイレの水を流す音がして現れたのは若い男で、フランス語でなにか捲《まく》し立ててきた。真辺は男の存在にも彼の剣幕にも動揺しながら、

「私は瑛子の夫だ、これを渡してほしい」

そう英語で言っていた。浮かべた微笑に意味などなかったが、なぜか相手が正しく、自分がまずいことをしているというおかしな感覚に陥っていた。男は部屋に招じなかったし、真辺を見る目つきにも棘《とげ》があった。しかし英語は通じたとみえて、荷物は手から手へ渡った。相手の目に敵意を感じたとき、真辺は一切が見えてきた気がしたが、結局なにも訊けずに辞儀をして、引き返していった。

考え抜いた挙げ句、その夜、メールで瑛子に問い質すと、

「彼はアルバイトのアシスタントです、美大の学生で夏の間の雑用係ですが、あなたは必ず誤解するだろうと思って言わなかっただけです」

あっさりした返事であった。本当かどうか彼はこの一週間を振り返って、照美もぐるで

はないのかと疑った。

次の朝、瑛子は楯《たて》代わりの女を連れて見送りにきた。照美が運転し、助手席に瑛子が座ると、夫婦の会話はできない。空港で搭乗手続きを終えて、立ち話になったとき、真辺は本心を確かめるつもりで言ってみた。

「君はパリに取り憑かれているね、強くなったようだし、ここで生きてゆくか」

「そうね、私は今のままがいい、こうして時々あなたに会って日本の匂いを嗅げたら、それで幸せよ」

彼女は涼しい顔で言った。

「また十年もしたらどうかな」

「毎日顔を合わせている夫婦が私たちより幸せとは限らないわ、お互いの欠点に疲れて憎み合ったり、夫婦をつづけるために大事なものを犠牲にしたり、そんな十年ならひとりでいる方がましでしょう」

「それでも一緒にいたいと言ったら」

「一緒にいても、あなたの思う家庭にはならないと思う、それに次に会うときはあなたの方が変わっているかもしれない、とにかく答えを急がないで、考える時間は十分にあるのだから」

「その時間が今は恐ろしい」

「愛してるわ」

真辺は身じろいで別れを告げた。ふたりから離れて待っていた照美が寄ってきて、女たちは並んで真辺を見送った。空港の混雑はどの国も同じで、出発ロビーは透明なドアを隔《へだ》てて発つ人と見送る人に別れてゆく。激励と涙の別れがドゴールにもある。自動ドアが開いて、真辺は未練のパリを後にした。二、三歩して振り返ると、女ふたりの姿はもうそこになく、手を振る暇もなかった。

しょうことなくジェット機に乗るために彼は歩いていった。ちょっとした衝撃が重たい確信に変わるのに時間はかからなかった。ここへきて真実の欠けらを垣間見た彼は脱力しながら、舌打ちもできずにいた。東京への空路は侘しいものになるに違いなかった。人生だの愛だのといった言葉はたちどころに摩滅して、鮮やかな性愛の記憶だけがパリ土産になろうとしていた。心のありかの隔たりを恨みながら明日からまた騙《だま》し騙し日を送り、本当に騙されもして、やがてまた夫婦でありつづけるために体を合わせるときがきたら、パリもいっそう余所余所《よそよそ》しくなるだろうと思った。

闘いは始まっている

the second story

出先の京橋で昼を済ませて銀座へ出た村井《むらい》は靴店の前を通りかけて、ショーウィンドウのハイヒールに目をとめた。ゆきつけのバーかどこかの棚に飾って眺めたくなるような美しさである。まさかこれを履きこなす女性はいまいと思いながら、見蕩《みと》れた。手仕事の一点物らしい靴は大衆性に欠けているが、店の格とセンスを訴えるには十分であった。むろん買うつもりなどなく目を愉しませていた彼は、やがてある女性歌手を思い浮かべて、似合うのは彼女くらいだろうと思った。もっとも小さな業界新聞社に勤める彼には縁のない世界の人であった。

好い年をした男が女物を見つめる姿は様にならない。間違えば怪しい男に見られる。ランチタイムの通りには会社員らしい人影も多く、業界の人に声をかけられてもおかしくはない。ぼんやりしている自分の姿に気づいて彼はまた歩き出したが、社に戻るまで美しいハイヒールの像が消えることはなかった。そんなことは四十年の記憶にもないので、女性社員に会うとつい足下へ目をやった。

「なあに村井さん、なんか変よ」

「いや、ちょっといい靴を見たものだから」

「お生憎《あいにく》さま、私のは正真正銘のバーゲン品です、給料が給料ですから」

そういう彼女も安月給をのんで平凡な生活に安住している口であった。

旅行業界の動向を記事にし、年間購読料と広告で成り立つ会社は大きく浮沈することもないかわり、それに見合う給料しかもらえなかった。中堅の村井にしても独身のうちはやってゆけるが、妻子を持ったらどうなるかという収入で、自由な社風と個人の裁量ですすめられる仕事が救いであった。今日も外国のホテルの日本事務所を訪ねて年間広告の約束を取りつけた彼は、ついでに目をつけていた所長にヘッドハンティングの話を向けてみたが、そちらはあっさり断られた。業界を駆けまわる仕事柄、外国のホテルの関係者に頼まれて総支配人《ジーエム》探しをすることがよくある。所長の緒方《おがた》は長く海外の現場にいた人で、外国人を使うことに馴れているので、打ってつけの人物とみていたのだが、

「あの企業グループのホテルはごめんだね」

とにべもなかった。経営方針がはっきりしないし、つまらない苦労をすることになるからという理由であった。かわりに可能性のある女性をひとり教えてくれて、あとはどうなろうと知らないよと言った。今は都内のレジデンシャルホテルに勤めておとなしくしているが、経験に不足はないし、母語は英語だから考えることも言うことも日本人よりはっき

りしている。美点と言えるかどうか、高級ブランドの革靴を水でじゃぶじゃぶ洗って天日干しにするような人だという。そうした表立たない人と人のつながりの中に村井の仕事の愉しみもあるので、彼はなんとなく興味をそそられて帰ってきた。銀座のハイヒールはそんなときに見たのであった。

虎ノ門のビルの一室が村井の職場で、彼の席は山積みの資料に隠れた窓際にある。春は背に当たる陽を愉しみ、夏はブラインドを閉ざして外も見ない。滅多に新人の入らない会社は社員の顔触れもあまり変わらず、一緒に年を重ねてゆくのが職場の縁なら、親しみが過ぎて疲れるあたりは家庭的であった。喫茶店でも記事を書ける彼は、息抜きを兼ねてよくそうした。夜は夜で、食事も摂らずに飲みに出かけてゆく。人と会う約束がなければ時間の使い道は自由で、毎月の校了に向けた集中とくつろぎを繰り返して一日を終える。公務員や銀行員から見れば気楽なものだが、年功賃金は望めないし、躍進もない。

その日も夕方まで働いて、彼はゆきつけのバーへ出かけた。新橋の裏通りにある「ココーテ」はカウンターだけの窮屈な店だが、二人いる女性のバーテンダーがさりげない気配りをするし、結構真面目に話し相手になってくれる。村井が入ってゆくと、蓋開けから間もない時間のわりに客がいて、バーテンダーの量子《りょうこ》が目顔で奥の席をすすめた。常連のために取っておく隅の席である。

「繁盛してるね、羨《うらや》ましいな」

村井はビールをもらって、ほっとした顔になっていった。大学を出ながらシェーカーを振る知的な女を見ると、なぜとなく豊かな世界を感じる。ほかの店ではこうはならないと気づいてから、よそ見もしなくなって、その分長尻になったが、飲み代《しろ》は知れたものになっていた。量子は手がすくと村井にビールを注ぎながら、今日はゆっくりできるのですかと話しかけてきた。村井がきたかと思うと一杯ひっかけて社へ戻ることがあるからであった。

「今日はね、たっぷり飲んで酔っ払って、量ちゃんに介抱してもらう」

彼は中年の持てない男が言いそうなことを言い、そういう自分に歳を感じて笑った。なんとなく定年までの人生が見えてくると、仕事を辞めたらなにが残るのかと考えることがあった。こうしていられる今はいいが、あと十年もしたらどうなるのかと不安にもなる。

「男と女が反対ですね、誰か素敵な人がいたら、私が酔っ払いたいくらい」

量子は明るく言った。ちょっとした恋愛の糸が縺《もつ》れてシングルマザーの道を選んだ女はいわゆる母子家庭の母親だが、バーで見る限り苦労している感じはしなかった。村井はそういう女のしゃんとした明るさが好きになって、量ちゃん、結婚する気はないか、と訊《き》いたことがある。彼女は意を酌《く》んで、

「子供の父親はほしいけど、夫なら当分ほしくない」

そうきっぱり言ってのけた。顔馴染みの客に彼女は境遇を隠さなかったが、その場限り

の同情を真に受けもしなかった。村井は母と子の生活を思い浮かべて、そこに入ることを空想したり、自分の経済力で可能かどうかを考えたりするうち数年を無駄にしていた。本気になって袖にされることを思うと、いつまでも大事なひとことが言えなかった。

「量ちゃんも勤めて長くなるが、この仕事は愉しいかい」

能がないと承知しながら当たり障《さわ》りのないことを口にすると、量子は少し考えるように小首を傾《かし》げて、遠い目をした。

「まああですね、午後おそくまで子供といられるし」

「しかし、そろそろ学校だろう、大学までやるとなると物入りだな」

村井は親身なことを言って反応をみた。

「ええ、だから頑張らないといけない、村井さんはひとりで気楽ね」

「そうでもないさ、こう見えていろいろ考えるからね」

「たとえば？」

「うまく広告をもらえるだろうかとか、明日会う人はどんな人だろうとかね、そういえば今日、とてもおもしろそうな人を紹介してもらった、女性でね、ソウルのホテルのジーエム候補なんだが、骨のある人らしい」

「女性でジーエムになれるの」

量子は急に興味を示して、どうしたらそんなふうに注目されるのかと訊ねた。

「成り上がりと言ったら失礼だが、ホテル業界には職場や国を替えながら自分を大きくしてゆく人が多い、一匹狼で自信家、能力主義の異端児といった感じの人たちだね、少ないが、もちろん女性もいる」

「ねえ、その人に会わせてくれない」

「なんだい、いきなり」

「どんな人か、見てみたいの」

「仕事絡みの訪問に部外者は連れてゆけないよ、俺にしたって初対面なんだから」

村井は本気にしなかったが、量子とふたりきりで過ごせる絶好の機会であった。むろん交渉の場に同席させることはできない。だが、ホテルなら遠目に見るくらいのことは許されるだろうと思った。

「お願い、五分でもいいから」

量子が珍しく言い募ると、彼の気持ちも揺れて、ふたりでレジデンシャルホテルを見るのも一興か、とつい言っていた。できる女を見たいという頑張り屋の女の気持ちが分からないでもなかった。

「賃料は月百二十万からするらしいが、客は全員ビップ待遇ということもあって結構外国人でにぎわっている、俺の給料じゃ半年で破産だが、量ちゃんなら十ヶ月くらいか」

「そんなにもちませんよ、でも高級ホテルに住んでなにをするんでしょう」

「賃料より大事な仕事だろうな、経費が会社持ちなら懐は痛まない、そういう客に快適な滞在を保証するのが例の女性の仕事さ、こまやかな心配りが求められるが、どんなことにも対処する柔軟性もいる、腹が据わっていないとできないだろう」

「きっと素敵な人ですね」

量子は言い、そのとき客が入ってきたので仕事に戻っていった。彼女の目的は優秀な人からなにかを学ぶことらしかった。村井は今日明日のためによく働く女を眺めながら、彼女を連れてゆくのは二度目がよいだろうと考えはじめていた。


赤坂にあるレジデンシャルホテルを訪ねたのは次の週のことである。前もって用件を伝えて都合を訊くと、グレイス・フューリックは客が外出して用事の少ない午後の早い時間を指定した。業界紙の記者であることよりも緒方の紹介であることが信用になって、電話口の印象は気さくな感じであった。

「お待ちしています、事件や事故がないといいですね」

と低い優しい声が言った。

居住用のホテルは六本木に近く、公園の緑に恵まれ、となりは系列の高級ホテルという贅沢な空間にある。約束の時間ちょうどに訪ねると、すぐロビーに現れた女は村井をオフィスの応接室へ招じた。村井の会社なら机が十《とお》も並ぶ広さで、六本木の街を描いた油絵が飾られている。観葉植物はさわやかなライムポトスの大鉢であった。

「素晴らしいオフィスですね、フューリックさんのご趣味ですか」

「グレイスと呼んでくださって結構です、ここで私の趣味と言えるのはコーヒーカップだけです、もうすぐご覧になれます」

東洋人の顔をした女は日本語も中々なもので、芯のある女性らしい落ち着きようであった。どちらからともなく緒方を話題にのぼしながら、ふたりはコーヒーが運ばれてくるのを待って本題へ入った。村井はソウルの日系ホテルの現況と、先方から聞いているおよその条件を話した。年俸はドル建てで、日本円なら二千万円ほどであった。

「待遇に不足はありませんが、緒方さんはお断りになられたようですね、反日の時代にソウルへ乗り込むだけでも苦労は見えていますが、そのホテルにはなにか別の問題があるのでしょう」

「問題というか、緒方さんはもう海外へ出る気はないような口ぶりでした、運営する企業グループのこともご存じでしたが、あまりよい印象はお持ちではないようです」

「緒方さんがそう言うのなら、きっとそうなのでしょう、企業の体質はともかく、韓国人の上に立つのはそこが韓国以外の国のホテルなら大きな問題はありませんが、母国の韓国人は別でしょうね、もしお引き受けするとしたら、恃《たの》める人を連れてゆかなければなりません、そちらの条件と都合もあります」

「少しでも可能性があるなら、先方と直接お話しになるのがよいかと思います、専門的なお話もあるでしょう」

「ソウルのホテルを見た方が早いですね、交渉はそれからにします、する必要もないかもしれませんし、いずれにしても村井さんにご連絡しますので、しばらくお待ちください」

決断の早い人で、目的の話は十五分とかからなかった。状況を見極めて取るべき道を決めてゆくことに馴れているのだろう。雑談に戻ってから、村井は気になっていたことを訊いてみた。

「緒方さんから聞いたのですが、革靴を水洗いするというのは本当ですか」

「はい、タワシでごしごしやります、暑い国なら半日で乾きますし、本当によい靴はそれくらいのことで駄目になりません」

「人間にも言えますね」

「さあ、どうでしょう、近ごろタフな人を見かけません」

彼女は不意に立ち上がって、仲介の礼を言い、村井を促してロビーまで送ってきた。別れしなに量子のことを思い出して話すと、

「それなら私がそのバーへ伺いましょう、新橋ならすぐそこですから」

そう言って場所を訊ねた。村井は持っていたコヨーテのカードを渡して、別れた。ホテ

ルを出て地下鉄の駅へ向かいながら、その辺の男よりよほど頼もしい人だと思った。もらった名刺を見ると、ミドルネームに幸子《さちこ》とあるので日系の人だと分かったが、日本にいる事情は想像のほかであった。

その夜おそく、彼はコヨーテへゆき、そのうちグレイスの方から訪ねてくることを量子に話した。

「顔は我々と違わないが、服装が独特だからすぐに分かると思う、切れる人だ、失礼のないように頼むよ」

量子はときめきを吐息に乗せながら、そうしますと誓った。ふたりで外出する夢は消えてしまったが、村井は期待に染まる女の顔を見ると気分がよかった。その夜は看板になるまで飲んで、タクシーで帰宅した。運転席の後部へ足を投げ出して、すぐには帰れない量子を思ううちに車は隅田川を渡っていった。

グレイスから連絡がきたのはそれから三週間ほどが過ぎた初秋のことである。ソウルから戻った彼女は緒方とも話したと言い、

「なにからなにまで二流でしたが、人件費をかければ半分はよくなります、その点においてはおもしろいホテルです」

自信たっぷりにそう言った。

「残りの半分は」

「それは社外秘の部分にあたりますから、責任者と話します、面会の段取りをつけてくださいますか、それとコヨーテの量子さん、彼女は骨があっていいですね、ごしごし洗えそうです」

「会ったのですか」

「もう四、五回になります、今の勤めを辞めて私に鍛えてほしいそうです、村井さんの了解を取るように話しておきましたから、相談に乗ってやってください、問題は子供のことです」

「承知しました」

村井は言ったものの、量子が転職するというのは出し抜けの話であった。あれから何度も会っていながら、おくびにも出さなかった女に軽い怒りを覚えた。ひとりで赤坂へ行っていたことも彼から見れば裏切りである。どういうことになっているのか本人に確かめるために、彼はその晩コヨーテへゆき、半年後にはソウルへゆくことになるかもしれないことを知らされた。グレイスが赴任することが前提だが、量子にとっては未来を変えるビッグチャンスが巡ってきたことになる。それまで赤坂のホテルで学びながら、子供をどうするか決めるという。

「グレイスにも子供がいるの、ご存じでしたか、離婚して彼女ひとりで育てています、ソウルへゆくことになったら連れてゆくそうです、なんの不安もない顔でそう言える人が私には立派な母親に見えました、私はまだそこまでもいっていません、自信がないので村井さんにも言えませんでした」

「そうか、量ちゃんも羽撃《はばた》くか」

思いがけないなりゆきに内心うろたえながら、村井はそう言っていた。鳶《とび》に上等な油揚げをさらわれた気分であったが、あのグレイスなら安心して任せられるとも思った。素人の女をどう鍛えるのかにも興味があった。それに比べ、自分の気持ちも言えずに終わるのが情けなく、彼はその夜のうちに言おうと決心したが、ソウルへゆかれてはどうにもならない気がした。三年から五年の滞在としても量子は変身するに違いなかった。

ありがたいことに客の少ない夜で、語らう時間ができると、村井は業界の話をした。航空会社や旅行社が入り乱れる世界が結構華やかであること、裏方の忙しさ、異動と移動が多いことなどである。ホテル業界でも解雇や左遷はよくあるし、逆に能力のある人をあからさまに優遇したり、人材を奪い合ったりもする。慇懃《いんぎん》無礼《ぶれい》な人もいれば勘違い男も大勢いる。顧客の側から見える業界と内側から見る業界はまるで違うから、目と耳を肥やすことだと忠告すると、彼女は笑《え》んで、真面目な村井さんの方が素敵ですね、と持ち上げた。

「もっと早くそうすればよかった、しかし俺のような小心者にはうまく言えないこともあるからなあ」

村井は心のうちを匂わせながら、やはりそこでは告げられなかった。カウンターを挟んで言うのも味気ないように思われ、勇気の出ないことを分別で誤魔化した。初一念に燃える量子の頬は心なしか紅潮していた。

「グレイスが言っていましたが、ホテルの世界ではやる気があるのがなによりの才能だそうです、特に海外では外国人になるのだから、なんのためにそこにいるのか証明しなければならないって」

「たぶん、その通りだろう、ソウルのホテルにも日本人のスタッフがいたが、辛くて辞めてしまったらしい、量ちゃんもやるからには覚悟しないとな」

「まずは自分との闘いですね」

そういう女に行動的な母親を重ねて、村井は眺めているしかなかった。

次の週にグレイスとソウルのホテルを運営する会社の交渉がはじまり、まとまりそうだと聞くと、彼は赤坂にグレイスを訪ねた。ホテルの関係者には小さな恩を売ったことになるが、グレイスを動かしたのは緒方のような気がしてならなかった。彼らの間には業界の人間にも見えないつながりがあって、地球のどこにいても一声で通じるような人脈があるからであった。しかもそのほとんどが一匹狼という矛盾のベールに包まれているので、企業の看板を背負って働く人間には辿《たど》り着けない。

グレイスはなにもなかったような顔で出迎えて、閑談に応じた。

「あちらが私の要求を飲んでくれたら、あとは突き進むだけです、ほかに候補もいないようですから、たぶん決まるでしょう」

「人材はどうします」

「アジアのホテルから頼りになる人を引っ張るつもりです、今のホテルから二人、量子を入れて五人で乗り込みます、在日というのかしら、彼女はコリアンの血筋ですから、なにかと役に立つでしょう」

　在日という失敬な言葉と、それを隠していた量子にも村井は驚いたが、もうそんなことをどうこう言う時代ではなかった。量子の方に憚《はばか》りがあるとしたら、日本の社会が幼稚なせいであろうし、その一員である自分に嫌悪すら覚えた。量子は量子であって、肩を窄《すぼ》める必要などないのだと苛立《いらだ》った。

「なぜ素人の彼女に目をつけたのですか」

「単純なことです、たとえばスーパーの店員や飲食店のウェイトレスにもホテルで使えそうな人がたくさんいます、逆にホテル学校を出たり、大学でツーリズムを学んだりした人が海外の現場では使い物にならなかったりします、日本の老舗《しにせ》のホテルで決まりきった仕事しかしてこなかった人もそう、彼らは体制の固まった安全な職場なら能力を発揮しますが、不測の事態に対応できません、ところが戦力を求める海外のホテルは不測の事態だらけです」

「嫌でも鍛えられますね」

「それをチャンスと見るか否かで進む道が違ってきます、量子も懸命に学べば、いずれよその国のホテルでもそれなりのポジションで働けるようになるでしょう」

村井はうなずきながら、世界を舞台に活躍する人は違うな、と感じ入っていた。彼の知るホテル関係者の中にここまで大胆で繊細な人を見ないからであった。してみると緒方にも似たような一面があるのかと見直す気持ちであった。

グレイスが予期した通り、契約の成立する日はまもなくやってきた。権限はもちろんのこと、ソウル滞在中の食と住、子供の日本人学校への送迎、家庭教師、任期中の解雇に対する補償と契約に盛り込んでジーエム就任が決まると、彼女は真っ先に韓国人のアシスタントマネージャー登用を決めて引き抜きにかかった。自分を補佐する人たちとの打ち合わせもある。勤めながらの準備は至難であったから、就任の二ヶ月前には赤坂のホテルを辞めるという。量子にも休日にソウルのホテルと学校を見てくるように指図し、私費で飛ばし、報告書を書かせては駄目出しを繰り返した。そのうちバンコクからドイツ人の曲者《くせもの》がやってきて、料飲部門の改革案を打ち出すという忙しさであった。

村井がコヨーテへゆくと、量子はすでに顔つきが変わって、バーにいながらバーの女ではないのが分かるほどになっていた。

「どうだい、やれそうかい」

と訊くと、もちろん、と彼女は強気を崩さなかったが、目ばかり爛々として、顔には血の気がなかった。いきなりハイレベルの闘いに参加して、ある種のショック状態にあるのかもしれない。人生を懸けて必死に羽撃こうとする女の現実には幸運もあれば不測の事態もあるらしく、日によって彼女の表情は変わった。シェーカーを振りながら別のことを考えているのが分かるし、村井を無視することもあった。彼の目にはふたりの量子が代わる代わる現れて小突き合っているように見えたが、それこそグレイスが陰でごしごし洗っているのかもしれなかった。

「ねえ村井さん、記念に名刺を一枚いただけますか」

あるとき量子が言い、村井はためらわずに渡した。ソウルの名刺ができたら送ってほしい、と頼むことも忘れなかった。そうした微《かす》かな縁から太いパイプが生まれることがあるのを彼は知っていたし、個人的に期待する気持ちもあった。量子は真新しい名刺入れに彼のものを収めて、お守りにしますと言った。

その日からまもなく、彼女はバーを辞めて赤坂のホテルへ移っていった。

秋がすすみ、街路樹が黄ばむころ、校了の多忙な日々を終えて取材と広告取りの仕事に戻ると、村井はかねてから目をつけていたインターネット専業の旅行社を訪ねて、価格競争の取材に成功した。店舗を持たず、大勢の人も使わずに成り立つ会社が台頭し、価格で競合するので、その皺寄《しわよ》せを食う旅館やホテルが音を上げているのだったが、もともと仕入れ先を叩くのが常道の旅行社の側に罪の意識はない。業界紙として取り上げるべきだと考え、彼は原稿を書いた上で上司の判断を仰ぐことにした。

数日後の午後もおそくなって、その原稿をデスクに見てもらうと、問題だねえ、と苦い顔に拒まれた。

「うちにとってはどちらも顧客だ、こう真っ向から批判しては角が立つ、この件は大衆紙に任せよう」

「業界紙が後手にまわっては存在価値が薄れます、月刊ですから先を越されても仕方のないケースはあります、しかしわざわざ見送るのはどうでしょう」

「ごもっともだが、村井くん、企業の幹部ですらうちの新聞を隅から隅まで読むことはしない、残念だが、ざっと目を通して動向が分かればそれでいいという人が大半だろう、波風を立てれば取材もむずかしくなる、忘れてくれ」

村井は失望し、床を蹴って外へ出た。サーキュレーションの維持と保身に汲々たる会社の体制にも、反撃の手段を知らない自分にも失望していた。記者として魂をこめた原稿がボツになるのは初めてのことではなかった。

少し頭を冷やすために薄陽《うすび》の街を歩いていると、急に夕暮れがきて、人群れにぶつかった。いつも人の絶えない新橋の駅前であった。彼はそのままコヨーテへ歩いてゆき、準備中の札のかかったドアをあけて、すまないが一杯もらえないか、そう言っていた。あと十分ほどで開店という時間で、快く招じてくれたのは量子のあとを務めるエリという若い女性であった。

「お仕事は終わりですか」

彼女は訊いた。日本で生まれたフィリピン系のハーフで、そう言われなければちょっと目の大きい日本人にしか見えない。村井はうなずいて、アメリカのビールをもらった。一杯目の酌のあと小皿の岩塩が出てきて、今日の彼の口によく合った。

「ここの女性はみんな気がきくね、なにかそういう面接試験でもあるのかい」

「オーナーと五分ほど話すだけです」

「目の利《き》く人らしいが、年寄りか」

「いいえ、たぶん村井さんと同じくらいだと思います、女性ですけど」

「ほう、女性がね、訊いてみるもんだな、ところで量ちゃんの噂を聞くかい」

エリは首を振った。

「私は一度お会いしただけですが、アグレッシブな印象の方でした、うしろを振り返る人ではないような気がします」

「たしかにな、一目で見抜いたところをみるとエリちゃんもその口か」

村井は笑いに紛らわしながら、自分だけが生温《なまぬる》い空間に取り残されている気がしてならなかった。

　その週に編集会議があって、彼は業界紙として新しい方向性を考えるときにきているのではないかと発言したが、うなずきながら積極的に賛同する人はいなかった。購読者を増やすためになにをすべきかという議論は営業的な戦略に終始し、記事そのものの質を高めるという考えには至らなかった。つまるところ二時間の会議はなおざりに終わり、懸案事項はいつものように次回へ持ち越された。そんなふうでもなんとか生き延びる会社であったが、村井はその漫然とした空気を重く感じるようになっていた。といってグレイスの真似はできない。

　コヨーテへゆき、飲んで忘れる時間が必要なのか、反旗を翻《ひるがえ》すべきなのか、もやもやした気持ちで仕事を熟《こな》すうちに大切なインタビューの日がきて、彼は半官半民の企業のある霞が関へ出かけていった。役員のインタビューは三十分の予定で、集中しなければならない。先方も待ち構えていて、挨拶もそこそこに核心へ切り込むのであった。役員は饒舌《じょうぜつ》で歯切れがよかったが、不都合な質問は政治家並みに曖昧《あいまい》な言葉で躱《かわ》した。そんな言葉は記事にできない。村井は失敗を予感した。

　時間がきてビルを出ると、彼は流してきた車を拾った。次の約束が青山にあって、そちらは広告の打ち合わせであった。コーヒーショップで一服してから瀟洒《しょうしゃ》なビルのオフィスを訪ねると、前回と雲行きが違って、応対した担当者の口は重かった。

「正直たいした経費ではないのだが、どうも上がね、申しわけない」

ホテル向けのアメニティやリネンを扱う会社で、業界人には知られているせいか、ネットの時代に業界紙に広告を打つには及ばないという幹部の判断であった。不測の事態に村井はぐうの音も出なかったが、

「ホテル特集の企画もありますから、またよろしくお願いします」

どうにか頭を下げて引き下がった。これが安閑として同じ日を繰り返している会社の現実だと思った。安月給の値打ちもそこにあるのかもしれなかったが、胸が躍るような目標も業界をあっと言わせる愉しみもなかった。

期待した一日が凶の日に変わると、彼は気持ちを立て直すために歩いた。青山から会社まで歩けないことはない。少し風が立っていたが、まだ優しい風で、考え事をするのにちょうどよかった。

西麻布へ出て六本木へ向かいながら、彼は足下ばかり見ていた。退職するか、残って闘うか。いま彼の脳裡にあるのはそのふたつであった。ぶつぶつ独り言も出た。坂道の途中まできて太息《ふといき》をついたとき、なにげなく見た通りの向こう側に知っている女が歩いているのに気づいた。彼は呼びとめて言葉を交わしたかったが、横断できないので、同じ足どりで歩きながら女のようすを見ていた。

薄い書類鞄を小脇に抱えて歩く女の足下はハイヒールで、歩く音まで聞こえてきそうで

あった。髪は短く、黒っぽいスーツの足が美しい。女はあいている方の手の指でなにかを数えているふうであったが、それが却《かえ》って知的に見えて颯爽としている。変身した量子に間違いなかったが、村井は次の交差点で追いつこうとしてためらった。

すれ違う通行人が彼女を振り返るのを見たとき、もう自分が知っている量子ではないらしいと気づいた。もし彼女が指で確認しているのが仕事の段取りや残された日々のことなら、いつか名刺をもらう日がくるまで放っておこうとも思った。どのみちソウルで会わなければならない人であったし、それまでに自分も変わっていたいと願った。するとなにか物悲しい秋の気配の街にソウルの人を見ているような気がし、風の日の飛び火のように一気に燃え上がるものを心のうちに覚えた。

やがて交差点で立ち止まった女と車道を隔《へだ》てて目がぶつかりそうになったが、彼は女のクールな足下へ目をやりながら、成功を念じて、お別れのエールにした。強く美しくなった女に、今の自分では釣り合わない気がしたのだった。

車道を横断する人たちに紛れてひとりの思いの中へ沈んでゆくと、母と子のふたつの人生をかけてあてどなさと闘う量子の心境が痛いほど身に沁みたが、次に会うとき、もしかしたら新しい名刺を交換し、しみじみと見つめ合う場景を想像するのは愉しいことであった。そういうことのために歩く道をかえてもいいような気がしたし、しくじったところで緩《ゆる》く熟《う》れすぎた生活のほかに失うものもなかった。しばらくして虎ノ門の街並みが見えてくると、彼はいつになく颯爽とした足どりで人波をすり抜けていった。人の様々に流れる都会の川のような道にも、どこからか落葉がやってきて、ひそやかにアポトーシスの季節を告げているのであった。

蟹工船なんて知らない

the third story

義兄の国枝《くにえだ》が肝臓を痛めて入院したと聞いてから間もない日の訃報であったから、久之《ひさゆき》は驚いたが、多額の借金があると知ると涙も出なかった。見栄っ張りで他人には気前がよく、借金までして遊びほうけた男の最期は呆気なく、癌にしてはひどく短い闘病のあとの永眠であった。入院の直前までぴんぴんしていたせいか、六十八という享年もどう受けとめてよいのか分からない。平素は勝気な姉もよほど応えたとみえて、電話の声は震えていた。

「私の方が死にたいわ、借金に女に会社の負債まであるのよ」

「だから離婚しておけって言ったろう」

「絶対にしないわよ、ずっと私のお金で生活してきたんだから」

「それだけでも理由は十分じゃないか、遺体に唾でも吐いてやるんだな、ついでに俺の分も頼むよ」

なぐさめるかわりに久之は励ましたが、泰子《やすこ》は取り乱して恨みつらみを訴えるばかりであった。鬱憤《うっぷん》と脱力の電話は小一時間もつづいて、難局を乗り切るためにすべきことを考える分別がなかった。十数年前にも国枝は一億を超える借金をして破産しかけたことがあったが、そのときは久之がなけなしの貯金をはたいて一家の生活を守った。その月々の返済すら国枝は泰子にさせて遊びつづけたということになる。

「これだけ遊んだら、いつ死んでも悔いはないでしょう」

そう人に言われるほど、後先を考えずに散財し、なにかあると裕福な肉親に無心して切り抜けるということを随分やったらしい。久之が金を融通するのは姉のためで国枝のためではなかったが、手綱をとれない泰子も泰子であった。形影相伴《けいえいあいともな》うなどという言葉は、この夫婦にはトイレの水ほどの値打ちもなかった。

「自分より頭の悪い人とは結婚しない」

そう言っていた泰子がなにを間違えたのか、地方の大農家の次男と結ばれたのは二十代のときである。子供のときから遊びほうけて学校にもゆかず、なんとか中卒で会社に勤めた国枝が歳を偽り、東京の幼稚園の教員をしていた年上の女を射止めた。結婚は呆気ないほど簡単に決まって、夫婦の人生は郊外の借家からはじまった。当時の女性は結婚が早く、会社員なら寿退社が当たり前という風潮であったが、生活の苦労を知っている泰子は公務員ということもあって働きつづけた。入籍するまで彼女は国枝の本当の歳を知らなかったという。久之は高校生であったが、なにか信じられない男を感じて、とても慕う気になれなかった。

酒が弱いにもかかわらず、国枝は毎日午前様という体たらくであったから、当然妻に渡すべき生活費もいい加減であった。釣りと野球と猟銃が趣味で、休日も遊び仲間と出かけてゆく。話すことといえば故郷の英雄の野球選手のことか、世知に長けた友人の違法行為か、胡散臭い儲け話に限られた。そんなふうだから本読みの泰子が読書を勧めても聞く耳を持たない。彼が熱心に読むのはスポーツ新聞と三流の週刊誌であったから、自認する教養もそれなりのものであった。

彼の社交性は見栄と欲の産物で、家庭では人が違ったようにずぼらであった。だらしない部分は生活の端々に現れ、保管を義務づけられている散弾を車のトランクに数百発も置いたままにしたり、電球をひとつ交換するのに何ヶ月もかけたりした。かわりに鳥の剝製を気味が悪いほどたくさん飾って、ほこりだらけにした。銃で動物を殺すのが平気なせいか、格好をつけて犬や小鳥をもらってきては放置するので、泰子が世話をした。

「ねえ、もっと早く帰ってきてくれない、午前様に食事を出すのは大変なのよ」

あるとき彼女が言うと、国枝はテーブルをひっくり返して喚《わめ》き立てた。遅くまで働いて帰ってきたのだという理屈であったが、そんな時間に仕事のある会社ではなかった。同じように勤めている妻を金蔓《かねづる》にして、夜の巷で遊んでいるだけのことであった。

泰子には鷹揚というか、のほほんとしているところがあって、とりあえず両親よりもましな生活ができていることに自足し、夫のだらしなさには目をつぶった。実際、家計の切り盛りは彼女の独擅場《どくせんじょう》であったし、外には相談できる友人もいた。こうなったらなんでもこい、といった破滅型芸人の連れ合いほどの胆力はないが、それなりに勝気で、一家の大黒柱を自任していた。それがいっそう国枝を自由にさせてしまった。

ある日、彼は隣県の小さな教材会社を買って社長の座に就いた。東京と郷里の中間地点にある小都市は、肉親と金銭的につながるのにも夜の遊びにも都合がよい。いつ勤めを辞めたのか、資金をどう都合したのか、泰子には分からない。国枝は大器を気取って、男の才量だと言った。会社は学校に備品や教材を納めたり、役所の入札に参加して税金の浪費に荷担したり、メーカーの代理販売を業務にしている。年間利益の安定した会社で、大成長もないかわり、不振もない。彼は得意のはったりで業界に顔を売り、懐の深い男を演じた。実際の懐は不如意であったが、広げた大風呂敷に人が寄ってくる。

「うちで働くか、退職金を奮発するぞ」

この外面《そとづら》のよさは大農家の坊ちゃんの性質らしく、困れば助けてくれる肉親の存在が後ろ楯であった。社長らしく高級車に乗りながら、着るものの趣味やマナーがよいとは言えない。美しい話題を美しい言葉で話すことを知らないので、小さな世間を泳ぐ分にはよいが、一流の人の集まりには向かない。そんなことも自覚しないまま大きな人間を装い、小さな会社の放漫経営に明け暮れた。回収する気のない同業者への貸し売りや使途不明の支出は数字に残る。税理士と経理の人を抱き込んで帳簿操作をはじめると、ありもしない社員旅行や事務所の修繕が夜の豪遊に化けるのであった。銀行の融資が事業のために使われることはなく、利息の支払いに追われながら会社が潰れずにいるのは実家や実姉の援助のお蔭であったが、対外的には遣り手の社長ということになっていった。内実を知らない世間は彼を過大評価し、業界団体の副会長に押し上げて、

「存分に腕を振るってください、期待してます」

と持ち上げた。

泰子は働きつづけた。名義上は会社の役員であったが、給与はなく、国枝の収入も家計の当てにはならないからであった。結婚の翌年に生まれた子供は十歳になっていた。ちょうどそのころ実家が所有する土地のほんの一部が宅地化されて、一区画をもらえるという幸運が巡ってきた。夫婦は思い切って夢のマイホームを建てたが、ローンの支払いは泰子が引き受けた。

例によって見栄を張った国枝は、擦り寄ってきた植木屋から高額の樹木をごっそり買って、広い庭を埋め尽くした。庭師が見たら呆れるであろう、松やソテツの不細工な庭が生まれ、そこに池まで造ると、彼はようやく充たされて夜の遊びへ還っていった。むろん手入れの愉しみは放棄した。

彼の人間的な弱点は自己本位の狭小な価値観でしか物をみられないことであった。その

ために家族の気持ちを考えることはなく、人生設計などは興味の外に置かれた。言い換えるなら、今日の愉しみ、明日の享楽のために生きていた。

やがてゴルフの愉しみに目覚めた男は、人を誘って遠出をするようになった。身銭を切るので、いくらでも人が寄ってくる。平日は夜遊び、休日はゴルフという生活をつづけて家庭を顧みない。野球好きでゴルフ狂というのは少し古い中年男性の典型だが、仕事や家庭に縛られる時間が長いからこその愉しみであろう。国枝はそれも忘れた。もともと会社は自身の自由を守る砦にすぎなかったのかもしれない。

大農家の次男である彼は実父の遺産を当てにしていた節がある。裕福な実家は兄夫婦が継いでいたが、兄が早世したため、実質的な相続はなされていなかった。未だに老齢の父親が資産の所有者であったから、国枝にも相続の権利がある。

「最低でも一億はもらいたいよな」

彼は言った。しかし、やがて相続したのは広大な荒れ地の一画であった。不満な彼は兄嫁と交渉したが、決裂した。一億の金があれば二億を使う男の計算は老人ホームを建てて自分が安楽に暮らすことで、敬老の精神など持ち合わせていなかった。生活のために働くという基本すらない。

「小林多喜二でも読んでみたら」

あるとき泰子が言うと、彼は笑って、誰だろうと時間の無駄だよ、そう臆面もなく言ってのけた。

高校を卒業してから地方の鋳物工場で働いていた久之は、そんな姉夫婦の生活を本当に遠くに見ていた。たまに電話をしたり、会ったりしたが、国枝と話しても愉しいことにはならないし、明るく振る舞う姉が哀れでもあった。姉に限らず、なにかの弾みで自分より頭の悪い男を選んでしまう女性は大勢いるに違いない。しかし、それが貧しい家に育って生活苦を知る、姉の泰子であることがなんとも情けなかった。


夜明け前に車で信州を発って八時すぎに姉の家に着くと、待っていた甥が斎場へ案内した。身内だけなら家で十分だが、弔問客が多いために葬儀は街の斎場で行われる。会社を継ぐことになった甥の真司《しんじ》は運転しながら、

「死んだ途端に借金の山が分かった、女もいる、これからかあさんと二人で始末をつけなければならない」

と久しぶりに顔を合わせた叔父に訴えた。

「かあさんの金まで遊びに使って、墓すら用意しなかった、いい気なもんだよ、入院中はかあさんに世話をさせながら病室から女にメールを打ったり、いったい家族をなんだと思ってるんだ、生きてたら殺してやりたいくらいだ、あれでも親か」

「そうかっかするな、同じ人間にならなければいい」

久之は言ったが、後事の大変さを思うと身につまされた。泰子の老後も、中年になった真司の前途も明るい展望をなくして、おそらく国枝の不行状の尻拭いに終始するに違いなかった。恃《たの》みの会社もいずれ倒産するだろうと思った。

数年前に安月給の工場を定年まで勤め上げて、そのまま信州の小都市に住み着いた久之も裕福とは言えないものの、なんとか老後を生きてゆくだけのものはある。ときおり臨時の仕事もしている。自慢にもならないが、家賃のいらない家を持ち、小さなキッチンガーデンの収穫を喜び、土地の友人たちとバーベキューを愉しむ。長い労働の季節の果てに残ったのはそれだけで、平凡な人生と言うしかないだろう。頑張った泰子にもそれくらいのものが残って当然だと思うが、彼女の人生は不徳漢の夫によって捩《ね》じ折《お》られてしまい、今となっては苦境を打開する若さも資金もないのだった。

「泰子ねえさんは元気か」

「真っ青な顔をしている、葬式なのに悲しくないのは俺も同じだけど、かあさんには喪主の務めがあるからね、見れば分かるよ」

真司は言って、まもなくハンドルを大きく切った。小さな街にしては立派な斎場が見えてきて、やがて車はだだっ広い駐車場の隅にとまった。弔問客はこれからとみえて、駐車場はがらんとしている。

久之はすぐ泰子に会いにゆき、焼香をしてから、血の気のない顔と葬儀の段取りを確かめた。

「きてくれてありがとう、心強いわ、もし私が取り乱したら、いっそ発破《はっぱ》をかけて」

泰子は言った。弔問客の大半は国枝の仕事の関係者や遊び仲間とみてよく、女もくるはずだという。身内は泰子の側が久之を入れて三人、国枝の側が姉夫婦のみという少なさだが、祭壇には結構な数の生花があって、仰々しいほどの札が立っている。

「立派な祭壇だね」

「けちったと言われたくないから」

「誰がそんなことを言う」

「弔客に決まってるでしょう、国枝の女の肩を持つ連中がいるのよ」

泰子はそのために気を張っているらしかった。裕福で格式にうるさいという国枝の姉夫婦の目もある。彼らも被害者だが、弟に甘い肉親であり、泰子に比べれば傷も浅い。久之は葬儀社の人やお寺様をみることになり、時間がくると玄関ホールへ立ってゆき、挨拶した。するうち弔客が訪れはじめた。

受付に場馴れした感じの女性がふたりいて、手際よく応対している。弔客は香典とともに名刺を置くか記帳してゆく。その間にも黒い行列が延びてゆき、弔客同士の挨拶であろうか、うしろの方からざわつきはじめた。

久之は受付の女性のひとりに見覚えがあった。記憶違いでなければ国枝の会社の事務員で、たしか北川典子《きたがわのりこ》という人である。三十年も前になろうか、国枝に突然呼び出されたことがあって、そのときに会った人だが、見合いというにはざっくばらんな顔合わせで、国枝はふたりを酒に誘って一杯飲むと消えてしまった。

「ちょっと話したいことがある」

としか聞いていなかった久之は、わざわざ信州から出てきて初対面の女性と語らうことになった。北川はこざっぱりとして感じのよい女性であったが、瞳に落ち着きがなく、言葉を選んで話しているのが分かった。

「どうやらお見合いのようですね、私はなにも聞いていませんでした」

「私も知りませんでした」

「それはおかしい、社長が社員の女性を誘い出すからにはなにか言ったでしょう」

「一杯つきあってくれ、としか」

目を伏せて彼女はそう言った。久之は当たり障りのないことを訊ねるしかなかった。

「会社の仕事は愉しいですか」

「そんなときもありますが、本当にまれです、お給料をもらうために勤めています、倉田《くらた》さんはどうですか」

「似たようなものです、工場の仕事は重労働ですし、かっこいいとも言えません、働いている間は余計なことは考えませんが、帰り道にいろいろ思いますね」

「道を間違えたとか」

「まあそんなことです、しかし信州はいいですよ、まず山の景色が美しい、空が広い、冬の寒さは応えますが、なぜか侘しい感じはしません、ちょっとゆけば温泉があるし、人情もまあまあじゃないかな」

バーの隅でふたりはあまり酒も飲まずに話した。それでも北川はいくらか酔っているふうに見えて、ときおりはにかむ顔に女らしさがあった。話題も尽きるころになって、彼女は言った。

「信州へゆくとしたら、いつの季節がいいでしょう」

「一年中きれいですが、私は暑いか寒いかはっきりしてるときが好きですね、単純に生きていると実感する、一度いらっしゃい、ご案内しますよ」

その場限りのつもりで言ったことが、やがて実現したのは彼女の方に気持ちがあったからであろう。夏の連休にやってきた女を久之は蓼科《たてしな》へ連れていった。華やかなものはないが、見るべきものはいくらでもある。ホテルやペンションは満室の時期なので、貸別荘で飯事《ままごと》をすることにした。北川もそういうことは初めてらしく、ふたりでする買い出しや料理を愉しんだ。

夜、山あいの貸別荘はおそろしく静かになる。外は暗闇で、人里の気配がしないし、車の音も絶える。若い恋人たちが小さな空間を分け合えばロマンチックな夜になるが、ふたりはまだ恋仲ではなかった。女の方の気持ちが先行していたから成り立つ夜であった。逆はない。ありふれた食材でありふれた料理を作り、ワインと穏やかな音楽をご馳走にしながら、彼らは昼間見た白樺林や湖やニッコウキスゲのことを話した。

「あんなに美しい自然の草原を見たのは初めて、白樺の林のせせらぎは氷のように冷たいし、なにもかもが澄んでいるようでした」

「だからいいところだと言ったでしょう」

「牧場のヨーグルトも美味しかったなあ」

その日の北川は目の印象も明るく、滑らかな口調であれやこれや話しつづけた。

「鱒《ます》の池があったけど、あれは自然の生《い》け簀《す》かしら」

と言ってみたり、こんなところに住めたら人生が変わるでしょうねえ、と憧れが口の端から零れた。都会とも言えないごみごみした街に育って、あまり旅行もせずに生きてきた彼女は清々しい信州の夏に酔っていたのかもしれない。身の上をさらすことはしなかったが、国枝の小さな会社に勤めているくらいだから、境遇の粗末なことは久之にも察しがついた。つまりは似たもの同士であった。

「その気になればこっちにも仕事はありますよ」

「ええ、でも私なんか」

「学歴をとやかく言う土地柄じゃないし、住めば都です、少しずつだが生活を築いてここの空気に馴染んでくると、東京がちっぽけに見えることがある」

それは本当で、たまに東京へ出ると、人群れの顔が青白く沈んで見えるのであった。それだけでも息苦しさを覚えるようになった久之は、もう永住の地を決めているようなものであった。かわりに安月給と重労働の生活を受け入れ、都会にはない自然に憩うだけのことであった。

「君は今の生活に不満があるだろう、なにか充たされないというのか、仕方なく窮屈な職場へ通っているようだね、常にふたつの選択肢はあるはずだから、どっちを取るかで人生はかなり変わるよ、ただし上手くゆくという保証はない」

「言葉にすればそういうことになるでしょうが、外野の多い人間は勝手に答えを出せません、私はこうしたいと思っていても、あっちはどうなる、こっちはどうすると悩んでしまうのです」

「分かるが、なぜ君が中心になって悩まなければならない、周囲の人も大人だろう」

「そうでもありません、分からず屋で、強情で、教養がないのは私もご同様だし」

酔ううちに多弁になると、北川はしょうもない話を聞いてくれる男の存在に休らう表情になっていった。久之はそういう話が嫌いではなかったし、魅力的な女と閉ざされた空間にいて行きつくところを思わないでもなかった。議論の熱を醸したり、男女の熱を醸したりしながら夜が更けてゆき、やがてふたりはひとつのベッドに並んだ。どちらがどちらを誘ったというのでもなく、自然のなりゆきであった。

明けの朝、久之は傍らに温もりのないことに気づいた。あわてて外へ出てみると、階段の下にうずくまった北川が凍えていたのであった。どうしてか寡黙な女に還っていた。

その日、北川が帰ってゆくと、彼はなにをどう考えればよいのか分からない気持ちで過ごした。次の日になっても、密かに期待する日々が過ぎても、北川からはなんの連絡もなかった。迂闊なことに彼は住所を知らなかったし、職場である国枝の会社に電話するのも憚《はばか》られた。そのうち半年がゆき、年も暮れるころになって、ある知らせが届いた。

「私は社長の遊び相手でした、彼は私に飽きてあなたに押しつけようとしたのです、そう分かっていながら、私はあなたに惹かれました、夏にお会いしたとき、そのことをどうしても言えませんでした、ごめんなさい、でも今の私の境遇で会社を辞めることもできないのです、どうか忘れてください」

短い一方的な通告であったが、それで久之の迷いもふっきれた。国枝が姉の夫であることが怒りにもあきらめにもなって、それ以上関わりたくない気持ちであった。自分でけりをつけた北川の苦悩を思うと、忘れるしかなかった。

今、その人が国枝の葬儀の受付をしている。五十代になってもほっそりした顔立ちと長い髪にむかしの面影が残るが、場所柄のせいか、暗い印象が久之には淋しいものであった。

あれから勤めつづけてきたらしい女を知ると、およその境涯も知れたが、歩く張り合いのない道を耐えてきたであろう心の流れまでは計り知れない。ある歳月を凌《しの》いで、女はしたたかになっているようにも見えた。声のかけようもない彼はあまり見ないようにして、自分の務めに還っていった。

葬儀社の人に順調ですかと訊くと、予定より大勢の人がきているので焼き場の時間が案じられるという返事であった。久之は場ふさぎの人たちに頭を下げたり、列を詰めてもらったりした。斎場を覗くと、満員の小劇場のようなありさまで、焼香する人が途切れない。遺族がぽつんと座って誰彼なしに頭を下げている。彼は寄っていって、出棺は十分より遅延できないことを泰子に知らせた。そのとき五十年輩の男が挨拶にきて、慇懃《いんぎん》無礼《ぶれい》な態度で皮肉を言った。

「ご親戚が少ないようですね」

「身内には冷たい人でしたから」

「義理堅い人でしたが」

「ご冗談を」

泰子は言ってのけた。

自分のほかに大切なものも信じるものもない国枝は、その種の人の特徴で儀礼的行為にうるさく、冠婚葬祭や盆暮れの挨拶といったことには別人のように几帳面であった。それが世間では義理堅いということになるのだろう。しかし身内には心などこれっぽっちもない男であることがよく見えていた。家族の要望を無視しながら、他人の頼み事を二つ返事で引き受ける変わり身は、見栄を張るかどうかの差であった。嫌みな男が去ると、久之は泰子にそっと耳打ちした。

「これも人望というのかね」

「まさか、どいつもこいつも金友《かねとも》よ」

彼女は囁いて歯嚙みした。

二百人近い義理の集まりは異様な空気を醸して、妙なざわめきがあった。涙や戸惑いはどこにも見えない。葬儀社の人が目顔で時間を告げると、久之は立ってゆき、ホールを見てからまた戻った。受付の行列は絶えて、北川は香典返しの山の脇に立っていた。

棺に別れを惜しむときがきて、亡骸に花が添えられてゆく。真司が花を投げ入れ、泰子が花のかわりに一冊の本を棺の隙間に押し込むのを久之は見た。軽蔑する目と、恨みをこめたさよならを言う手であったが、周囲には離愁の光景に映ったかもしれない。まもなく棺は運び出され、大勢の人に見送られて火葬場へ向かった。

斎場の建物を出るとき、久之は北川と目が合ったが、短い目礼を交わして終わった。夏の日の記憶は若さとともに遠くなり、お互いにぱっとしない今があるだけであった。もしあの貸別荘の夜に意味があるとしたら、男と女が互いの頼りなさを投げ合ったことであろう。どちらかがもう少し強かったらと悔やんでみてもはじまらない。

火葬場へ向かう車は真司が運転した。住宅地を抜けて、林とも言えない緑の中をすすんでゆく。後部座席に姉と弟が並ぶのは珍しいというより初めてかもしれない。しばらくして久之は棺になにを入れたのかと泰子に訊いてみた。

「あの男に足りないものよ、黄泉路《よみじ》で読んだらいいわ、自分のお粗末な一生を知ったら気が狂うでしょう」

泰子は吐き捨てるように言い、緊張が解《と》けたのか鼻で笑った。愛人がきて、あんたの負けよという目をしたから、最低の男にお似合いね、と見返してやったとも言った。

「その調子で明日からもやってほしいね」

「死ぬまでに片づきそうにないわ」

泰子は言ったが、負けたまま終わる人ではなかった。罵倒する相手がいないことがいいのかどうか、取り返しのつかない歳月の重さに沈むくらいなら、亡夫を憎んで、生き生きと日を送るのも七十を過ぎた女のしたたかな生きようかもしれない。

人はさまざまに生きて、さまざまに終わってゆく。しかし国枝のそれはどうみても独善的で低俗すぎた。自分ひとりの人生を謳歌して家族に苦しみを残した男は現代を生きる人間として下等だが、彼自身は最期までそうは思わなかったに違いない。他者の苦しみや生きることに付いてまわる疑問や意義を押し遣り、人間の自由を存分に享受したとでも思っているなら、それこそつまらない一生であろう。

車はのろのろと走りつづけ、やがて両側が緑の道を過ぎると、木の間隠れに火葬場の煙突が見えてきた。いよいよ肉体ともお別れである。心のどこかで霊魂を信じながら、人間は遺骨に執着するが、泰子にそれはない。彼女は夫婦の終わりを嚙みしめるかわりに、のほほんとした口調で、

「気晴らしに真司と信州の温泉にでも行こうかしら、ついでにあなたの家に一泊するのはどう」

と言った。

「ああ、こいよ、ご馳走は美味い空気と安ワインだな、くだらないことは忘れる」

久之は窓の外へ目をやりながら、姉の感情が暗く澱《よど》んだり、急に明るく吹き出したりするのを煩わしく感じた。死んだ男を憎んで生きてゆくことになるのは姉ひとりではないと思った。その間にも泰子はなにかぶつぶつ言っていたが、彼はもう聞いていなかった。斎場で黙々と後片づけをしている女がありありと目に浮かんで、消えないからであった。明日には信州の平穏な生活へ帰ってゆく男にとって、それは国枝が繰り広げた十悪の余煙の中で美化することのできる唯一の情景であった。

パシフィック・リゾート

the fourth story

毎年、夏になると外房に暮らす友人を訪ねる千佳子《ちかこ》は、今年も日盛りの駅舎に出迎えた静江《しずえ》に女の衰えを感じた。服や靴は相変わらずお洒落だが、頬の肉が削げて、心なしか暗い目をしている。数年前に大腸を手術したころから急に老け込んで、今では同い年の千佳子より四、五歳は年上に見えるようになっていた。六十を過ぎた女の老けようは様々にしても、なんの苦労も知らない静江が先に衰えを見せるのは意外なことであった。

「ちょっとあんた、疲れてるんじゃないの」

幼なじみの近しさから千佳子は遠慮なく言ったが、静江は自覚がないらしく、笑いながら車へ促した。ひとり暮らしの家は駅から五分ほどの高台にある。国道へ出ると、

「海でも見てゆきましょうか、若い男がいるわよ」

病人は明るく言った。

「東京にもいっぱいいるわ」

「ここのは裸同然よ、下品なのもいるけど」

「向こうから見たら、こっちはババアじゃないの、車の中から見よう」

年に一度会うだけでもなんら変わらないのが女同士で、ふたりは目だけ若くして浜辺の道を愉しんだ。もうすぐ入院する友人を手伝うためにやってきた千佳子はいつもより気が重かったが、眩しい海を見ると不思議と安らいだ。静江はゆっくり車を走らせながら、ときどき止めて、砂浜でいちゃいちゃしている男女に向けて口笛を吹いたりした。まだそれくらいの気力はあるらしかった。

誰もいないだだっ広い家に着くと、ふたりは風呂を立てて、長い長い酒盛りの支度をはじめた。料理は静江に任せておけば次々と美味《うま》いものが出てくるので、千佳子は庭の紫蘇《しそ》やパセリを取ってきたり草取りをしたりした。股関節を痛めてから手入れを放棄した女の庭は荒れていて、業者に任せている芝地だけが美しく保たれている。庭は優に七、八百坪はあるだろうか。やたらに柑橘の木があるのはジャムやケーキを作るためで、大好きな両親に美味《おい》しいものを食べてもらいたくて静江はある時期真剣に料理教室やケーキ教室に通った。すでに好い年であったが、

「今日はなにを作ってあげようかな」

と考えるのが日々の愉しみで、結婚し離婚も経験した女にしては恐ろしく子供染みていた。病院も銀行もない孤島での暮らしや雪国での冬籠りに憧れたりしたのも、精神が未熟なために厳しい現実を想像できないからであった。そんな話を聞く度に、千佳子は生活苦

を知らない人間の我儘を感じて蹴飛ばしてやりたいほどであった。

料理の腕をあげた静江は揚々《ようよう》として犬にまでご馳走を食べさせていたが、やがて両親も犬も亡くなると張り合いをなくして、今度は英会話教室へ通いはじめた。これは一人息子がロンドンに暮らしているからであった。留学し、そのまま向こうで結婚し、道楽に等しい事業を営みながら、のんびり暮らしているという。しかし、それもこれも静江の父親が築いた財産のお蔭でできることであった。

生まれたときから裕福で、六十五歳になる今も親の遺産で暮らす静江は勤めに出たことがない。一流大学を出て、結婚して、離婚するまで東京の中野に暮らしていた。千佳子の家のすぐ近くにあった生家は邸《やしき》と呼ぶにふさわしい構えで、嫌でも人目を引いた。通行人が必ず見る。会社を経営していた父親が儲けに儲けて、ついにはもう金はいらないということになって、人に会社を譲り、空気のよい外房へ移住したのは、静江が優雅な結婚生活を送っていたころである。

当時、田舎の千二百坪の土地は彼らにとってただ同然の値であった。用心深い父親はそこに井戸を三つも掘らせ、端から端まで五十メートルもある豪邸を建てたが、広すぎて間の抜けた家であった。浮気した亭主を許せずに離婚した静江が息子とともに移り住んでも空き部屋はいくらもあるし、廊下と呼ぶには長い通路が横切っていた。磨くのは二人いる家政婦の仕事で、一家は庭仕事を愉しんだ。

ある夏、千佳子は静江の新しい生活を見にいって仰天した。

「なにこれ、ちょっとしたホテルじゃない」

と思った。窓の数からして普通の家ではないし、都会では考えられない広い寄り付きの先にカーポートらしい巨大な東屋が建っていた。背後に潤沢な緑の森があって猪や雉《きじ》がいるという話であったが、それすら異次元の贅沢に聞こえた。

「母がね、西瓜《すいか》を作ろうって言うのよ、でもあれってそんなに食べられないでしょう」

静江は相変わらずのほほんとして、周囲の現実を見ないせいか庶民の暮らしを知らないままであった。野菜作りに飽きると、外車を飛ばして大きな街の焼物教室へ通ったり、別荘暮らしの画家を見つけて油絵を教えてもらったりしていた。その画家の絵を何百万かで買ってリビングに飾り、来客に蘊蓄《うんちく》を垂れるのを愉しんだ。そうして人よりも様々なことに通じている自分を作ることに人生の大半の時間をそそいだ。だから煩わしい世間はいらなかった。

着るものはオーダーメイドで作り、肉は東京から取り寄せ、車は初回の車検のときに買い換えるという贅沢を、彼女は最近まで他の人もたやすくできると信じていた。しない人はけちという言葉で括《くく》られ、関心の外に置かれた。千佳子も間違いなくその対象であったが、子供のころから思ったことをずけずけ言うので、特別な存在として生き残ることになったらしい。

「普通の主婦はね、特売のチラシを見て買物にゆくの、あんたみたいな人ばかりだったらチラシなんていらないじゃない、それくらいのことは自分で気づくものよ」

　平凡な勤め人の家に生まれた千佳子は普通に欲しいものを我慢したり、学資を案じたりする子になって、成人しても経済観念だけは発達していたから、静江のすることは見るに堪《た》えない乱費でしかなかった。こんな人がいるのよと言っても、人は信じてくれない。それくらい無為徒食の令嬢は見かけない時代になっていた。

「プジョーのコンバーティブルを三年で廃車にするなら、私に頂戴よ、それが友達ってもんでしょう」

　あるとき言うと、静江はきょとんとしてから、あんな車をあげたら失礼にならないかしら、そう言ってのけた。憎みきれないところがあって千佳子はなんとなく交際をつづけてきたが、静江の人間的な幅が知れてくると哀れみに変わることがあった。

　守ってくれる親がいたときはのほほんとしていられた女がひとりになると怯えるようになって、決まって誕生日には落ち込んだ。祝ってくれる人がいないと淋しいという理由であったから、

「その歳で、冗談でしょう」

　千佳子はあきれた。心が子供のままなのであった。そうかと思うと、思いつめて、今年中にこの家を処分すると言ったりした。けれども苦労したことがないので大事なときほど

決断ができない。母親が植えたレモンの木すら処分できない女が、思い出の詰まる家を手放せるだろうかと千佳子は疑った。するうち一年がゆき、二年が過ぎても、鉢植えひとつ減らない。自分でもおかしいと思うのか、もうどうでもいいの、と面倒から逃避して、新しい趣味に走るのが落ちであった。

「そのうち無理も利かなくなるし、いつまでも同じ生活はできないのよ」

千佳子は忠告したが、そのときは近くの老人ホームへ入ると言って静江は取り合わなかった。実際にそのときがきたら、また決断を先送りにするに違いないと千佳子は思いながら、見ているしかなかった。なんでも一流でなければ気がすまない人が老人ホームの集団生活に耐えられるとも思えないが、死ぬときまで安全に暮らすことを生きる目的にされても困るのであった。そんなことより世界中にある紛争や貧困に目を向けてほしかった。

彼女自身は平凡な男と結婚して子供をふたり育て、長生きの姑を見送り、今は夫婦で古惚けたマンションに暮らしている。夫の退職金と年金でどうにかやってゆけるが、すったもんだの恋愛からはじまった結婚生活を振り返ると、たいしたことはしていなかった。夫の退職を機にはじめた慈善団体への少額の寄付がなぐさめという平凡さだが、それなりに幸せだと思っている。ときおりボランティア活動に参加したり、子供食堂を手伝ったりするのも張り合いであった。それもあって、人間は結構しぶといと思えるようになった目で静江を見ると、他人と関わることをしない女はやはり甘い気がするのだった。自分ひとりの幸福を求めて終わる一生はちっぽけすぎて虚しいだろうと思う。だがそれを言うと、静江はこれでも頑張っていると言い、好きな物に囲まれた世界を出ようとしない。

「ねえ、レモンの近くに葉唐辛子があるから取ってきてくれない」

と台所の窓から静江が言った。日に焼けそうな暑さであったが、千佳子はボランティアのつもりになってせっせと摘みはじめた。夕暮れに待っている開放的な食卓での酒とお喋りは東京では望めないものであった。ひとりでは淋しいだろうが、今日は静江にとっても幸福な夕べになるはずである。そのことに彼女は子供食堂の喜びにも似た充足を覚えるせいで、毎年やってくるのかもしれなかった。


酒を過ごしても寝足りなくても、海辺の朝はすがすがしい。三十時間後には入院という朝であったから、静江はのんびりしたいと言って外食と温泉浴の一日を望んだ。

「すぐそこの海辺に洒落たクアハウスがあるの、ランチに伊勢海老を食べてから行きましょう、味噌汁がとっても美味しいから」

「いいけど、浴場で転んだりしないかしら」

「平気よ、気をつけるから」

車は普通に運転するが、歩くときは杖のいる体であったから、バランスを崩して頭でも打ちゃしないかと千佳子は案じた。だが、そういうときの静江は強気というか暢気《のんき》で、ぐじぐじ考え込まない。どうせ明日は病院ゆきなんだから、と変な割り切り方をして千佳子を笑わせた。

彼女が言った通り、伊勢海老の味噌汁はこくがあって刺身より美味いほどであった。街の特産というだけあって、身もぷりぷりしている。ランチにしては結構な値だが、体の芯にまで染みてゆきそうな滋味に千佳子は舌鼓を打った。ひとりなら考えてしまう豪華さも値段も、静江といると気にならないから不思議であった。むろん会計は令嬢がした。

テラスで一服してから天然の黒湯を引いたクアハウスへゆくと、日中《ひなか》のせいか女湯は客もなく、七つもある浴槽は貸し切り同然であった。痩せて足の力のない静江に手を貸して歩くうち、ああそうか、クアハウスだから足腰の弱い高齢者や病人もくるのだと千佳子は気づいた。歩くための浴槽に手すりがまわしてあるし、浅い湯が多そうであった。外が暑いので、ぬるい寝湯を選んで横たわると、ガラス越しに海とヤシが見えてほっとする。千佳子には久しぶりのゆったりした時間で、こういうのもいいわね、とつい口にした。

「私ね、銭湯へ行ったことがないから、初めてのときは恥ずかしくて死ぬかと思った」

「大袈裟ね、東京にいたって山の温泉くらい家族で行ったでしょう」

「ううん、行ったことない、父が忙しかったせいだと思うけど、母も内風呂で満足していたし、みんなで入ると愉しかったから」

「それっていつのことかしら」

「ずっとよ、なにかおかしい」

「全部おかしい、母親はともかく父親と一緒に入るなんて、そっちの方がずっと恥ずかしいでしょう」

「なんともなかったわ、肉親ってそういうものじゃないの」

「おそろしく幸せな話だわ」

千佳子には考えられない光景で、親と子もそこまでべったりすると性もなにも感じなくなるのかもしれない。裕福が過ぎて常識をなくし、独善的な行動をとる人間の典型であろうか。他人の目に哀れなのは、そうした影響がひとりになった今も静江の中に息衝いていることであった。

「正直に言って、結婚して夫といるより父や母といる方が愉しかった、あのころ夫は私を理解していなかったと思う」

「当然よ」

「でもねえ、浮気はしないって誓ったのにしたのよ、どんなに私が世間知らずでも、それだけは許せない」

かっとして痩せた体を起こすと、静江は黒湯の上に現れた癌の手術の痕《あと》に無意識に手をやった。じっと見つめても悪いし、知らん顔をするのも変なので、千佳子は一瞥《いちべつ》して、腕のいい医者ね、とはぐらかした。それから上体を起こして冴えない顔を並べた。

「浮気なら、うちもしたわよ、ばれたのが二回だから、もっとしていたと思う、相手は同じ人だけど何年かつづいたわね」

「なぜ別れなかったの、平気だったの」

「平気じゃないけど、別れるほど憎めなかったわねえ、子供の将来も生活もあったし」

「古いのね」

「あんたに言われたくない」

平凡な男の浮気は女の方が仕向けてきた結果で、千佳子はその女を見たが、自分よりぱっとしないところに馬鹿らしさを覚えた。もし相手が美人だったら、血相を変えていただろうと今でも思う。気の小さい夫が女に引きずられてきっぱり別れることができずにいるのを知ると、彼女は芝居をしていた友人に女の情夫のふりをさせて夫を脅した。女には同じ手口で偽のやくざを送った。効き目は抜群で、夫は手切金を払い、女は姿を消した。

「結局あなたがけりをつけたのね、私にはとてもできない、別れるしかなかったのよ」

「別れなければならないのは浮気をしている人たちで、夫婦ではないでしょう」

「そういう理屈もあることに気づかなかったし、父も母も離婚には賛成だったから」

「今も一緒にいたら、優しい便利な夫になっていたかもしれない」

「ときどき思い出すことはある、優しい便利な夫ではなかったけれど、つまらないことが懐かしい、きっとひとりのせいね」

急に沈んだ声になって、静江は窓外に目をやった。海は霞んで、ヤシの木が揺れているのが見える。千佳子も目をやりながら、裕福な病人の前途を思い巡らした。終生の伴侶になるはずだった男と別れ、大好きな親を亡くし、子とも別れた女に残されたのは、だだっ広い家と大金でしかない。失ったものの方が遥かに大事で、前途に代わるものがないから老け込んでいるとも言えた。千佳子は彼女の病的に細い体と、自分のまだいくらか女らしい体を比べて、どっちが金持ちだか分かりゃしないと思った。この上なく恵まれている静江の淋しい晩年を知るのは皮肉でしかなかった。

「このごろ息子がロンドンへこないかって言うの、でもね、老いてゆく親の心配をするような子じゃないし、私のお金が目当てだと思うから、ゆく気になれない」

「どのみち最後は彼のものになるお金でしょう、もっと意義のあることに使ってしまう手もある」

「実はもうあんまりないの、本当よ」

「だったら贅沢をやめたらどうなの、体だって美味しいものばかり食べていたらおかしくなる、芋だのうどんだの食べたらいい」

「なんにしても一人分の料理というのは厄介なのよ、作る張り合いもないし」

「甘い、甘い、そんなふうじゃ女の屑にもなれやしない」

「どうしてあなたと友達なんだろう」

「それはこっちの台詞よ」

そのとき仲間らしい数人の高齢者が入ってきたので、ふたりは寝湯を譲り、浴場内にある休憩所へ移った。タオルを巻いてベンチに腰掛けると、血の巡りがよくなった体から熱が引いて落ち着いてゆく。千佳子は気になっていたことを訊ねた。

「家にきれいなピアノがあったけど、あれは誰のもの」

「私のよ、今年の一月からピアノ教室に通っているの、週に一度、一時間のレッスンだから苦にならない」

「あんた、楽譜を読めるの」

静江は首を振って、気晴らしを兼ねた指の運動だと話した。楽譜を読めないので、一曲を一年がかりで棒暗記するという。今はトルコ行進曲を練習していて、年末にある発表会での入賞を目指していると言い、先生に誉められると嬉しいからと本音を洩らした。しかしそのために高価なピアノを買い、同じ曲ばかり弾いているのであった。永遠に覚えた曲しか弾けないことに疑問は感じないのだろうか。千佳子には理解できない。

「なんのためにそこまでするの」

「指先を動かすと長生きするって言うでしょう、私ね、あと十五年は生きたいの」

「つまり十五曲は弾けるようになるわけね」

友人のきつい皮肉を静江は意に介さなかった。薄い笑いを浮かべて十五曲の夢を見ている。問題は生きてなにをするかだが、彼女の人生はいつもそこが抜け落ちていた。料理にはじまり、ケーキ、生花、着付け、焼物、絵画、英会話とやって、ピアノに辿り着いただけのことである。私はあれもできる、これもできると自慢した相手はみんな遠ざかり、お粗末な自信が残ったにすぎない。それを言うと酷薄な人間になるので、千佳子は今日も我慢した。明日、半島の南部にある病院まで送り届けて医者に預けたら、彼女の役目も終わる。また一年を離れて過ごす間に静江が変わることはないだろう。あっちに揺れ、こっちに揺れながら、令嬢の人生をつづけてゆくに違いなかった。

「そろそろ行きましょうか、入院の支度があるでしょう」

「支度は簡単にすませてあるわ、至れり尽くせりの病院だから、なにもいらないくらい」

「じゃあ戸締まりをしましょう、あの家はおそろしく不用心よ」

静江を促してシャワーを浴びてから、ふたりは脱衣室へ出た。足の長さが違う静江は裸足で立つと、片足に負担がかかる。千佳子が背中を拭いてやると、よほど人との接触に飢えていたのか、

「ああ、いい気持ち、退院したらまた会えるといいな」

と言った。股関節をセメントで補強する手術は一日で終わって、痛みがとれたらすぐに歩けるという。入院は一週間から十日と短い。すぐまた来るわけにゆかない千佳子が黙っ

ていると、振り向いた静江が馬鹿なことを言い出した。

「もし間違って死んだら、やってほしいことを全部書いてあるファイルがパソコンにあるから、あとはお願いね、あなたにしか頼めないの」

「股関節の手術で死んだりするものですか」

「主治医がなんか頼りない若い人なのよ、外科部長が立ち会うっていうし」

「それなら安心じゃないの」

「その部長が藪なの、目つきも性格も評判も悪いし、医大に裏口入学してコネで医者になったんじゃないかって噂よ、患者をひとり半殺しの目にあわせているし」

「いい加減にしなさい、明日入院というときにそんなことを考えるもんじゃないわ」

「ごめんなさい、でも本当にあなたしかいないの」

静江は縋《すが》る目をした。

家に帰ると、彼女は早速パソコンを立ち上げて、そのファイルを見せてくれた。遺言と書かれている。用意のいいことだと千佳子は感心したが、そこに自分の名前があるのはおかしい気がした。ロンドンの息子に丸ごと送信すればすむことであった。

「あなたは自分の子を愛していないようね」

「向こうが私を愛していないから」

「どっちもどっちだわ、勝手にしなさい」

肉親がいないならともかく千佳子はそこまで関わりたくなかったし、当てにされても困ると思った。女と女のつきあいに金銭や権利書が絡んでは汚れる気がした。けれども落胆してぼんやりしている静江を見ると、また別の感情が込みあげてきて、なんとも言えない厄介な気分になるのだった。

次の日、早めに呼んだタクシーで高台を下り、国道を下ってゆくと、短いトンネルの先に雄大な海原が現れた。美しく晴れて、太平洋がのどかに輝いている。東京の海とは色も広さも違う。千佳子にとっては初めての道と眺めで、岬や沖の船に目を遊ばせていると、

「清々するでしょう、父もこの眺めが気に入って移住を決めたのよ」

と静江が言った。

千佳子は生返事をしながら、窓外に目をあてていた。海はそこにあるだけで美しく、海岸線の家並みや生活の気配はどこかのんびりとして、東京の暮らしがちっぽけに思えるほどであった。しばらくして言った。

「あんた幸せよ、ここには豊かなものがたっぷりあるじゃない、チーズケーキを作れなくても、ピアノなんか弾けなくてもどうってことないと思わないの」

「いいところだけど、ここでひとりで死んでゆくのかと思うと怖くなるわ」

「だったら人と関わりなさい、あんたの金銭感覚につきあえる人はいないと思うけど、人生の値打ちを教えてくれる人なら、あの高台にもいると思う」

「あなたじゃ駄目なの」

「私はもう十分つきあったわ、あんたを目覚めさせる知恵も尽きたし、ほかに助けたい人もいる」

「そんなこと言わないで、これから入院するのよ」

「そうやってずるずるつづけるのは終わりにしましょう、私はね、貧しくても、自慢するものがなくても、自力でどん底から這い上がる人が好きなの」

思いがけないなりゆきであったが、千佳子は言ってよかったと思った。手術を前にして気が弱くなっているときだからこそ、効き目があるような気がした。優しい言葉と金に守られてきた女は自己本位の人生の脆《もろ》さを味わうべきであったし、同じ時代を生きる他人の現実を知るべきであった。この大らかな土地で人とは別の呼吸をしている愚かさや、比較するものがないために常に大難《だいなん》に思える、自身の障害の瑣末《さまつ》さに気づくべきであった。

「お客さん、この先に抜け道がありますが、どうしますか」

と運転手が訊いた。

「まっすぐ行ってください」

なんとか答えた静江に項《うなじ》を向けながら、千佳子は窓外の美しい景色を見ていた。ここまできて向こう気を見せない女を重たく感じていたが、仕方がなかった。彼女はいつか中身の薄い人生に気づいて覚醒するであろう女を見届けるために、またくることになるだろうと思いながら、言わなかった。このまま鬱《ふさ》ぎ込んで立てなくなることもあるかと思うと気が滅入ったが、一度は突き放さなければならなかった。

「全くいいところよねえ、生きるか死ぬかの苦労なんて、これっぽっちもありゃしない」

彼女はあてつけがましく言った。

外は太陽が照りつける時間であった。光る海にサーファーが遊んでいる。ぱったり口をきかなくなったふたりは、それぞれに重くも軽くもなる歳月の苦さを噛みしめていた。静江は入院前の不吉な出来事に嫌気が差しているはずだし、千佳子はそういう女に到底できそうにない変身を期待していた。たぶんぐずぐずして、あれこれ思い惑うのだろうが、それにつきあう気力はもうなかった。六十年近くつきあってきたふたりが、美しい海辺の道で心を離してゆくのも女と女の業というものかもしれない。

風が出たのか、海鳥が舞い上がり、岬の岩場の方へ流れてゆく。短いトンネルと開放的な眺めを繰り返しながら、車はのどかな海岸線を走り抜けていった。

くちづけを誘うメロディ

the fifth story

長い歳月を生きたであろう大木や桜の古木が、寺にはよくある。菩提樹であろうか最明寺の境内にもそれは太い立木があって、夏の今はたっぷり葉をつけた枝を空に伸ばしている。どうしてか古刹《こさつ》の空気はさわやかで、海が近いせいか風がよく梢を渡る。仁科《にしな》は久しぶりに故郷の寺にきて、懐かしい木立の気配に安らいだ。

本堂を覗くと作務衣《さむえ》姿の若い住職が拭き掃除をしていて、丸坊主の頭から汗を流している。四十近いはずだが、若々しい。体力も清潔そうな心も羨ましい。声をかけても気づきそうにないので、まもなく彼は墓所へまわった。仁科家の菩提寺は別にあり、次男で家を出た彼の墓は永代供養の分譲墓である。四角いプレートに名前と生没年を刻むだけの本当に小さな墓だが、子供のいない人間にはそれで十分であった。二、三百はある分譲墓は中央に観音像があり、その前で香華《こうげ》を手向けるようにできている。合理的で、すっきりした景観の墓所は、広い土地を必要としないので流行《はや》るかもしれない。となりに画家で詩人の加藤まさをの立派な石碑があるのも、なんとなく心強かった。

彼の墓は奥から三列目にあって、となりに妻が入ることになっている。東京からふたりで見にきたとき、彼らは六十代で、価格も造りも気に入ってすぐに手続きをした。肉体をなくしてから入る墓がどれほど重要か疑問であったが、どうせ用意しなければならないなら海辺にしようと話し合っていたので、厄介な墓探しはその一日ですんでしまった。都会では考えられない長閑《のどか》な環境も決め手であった。

「こんな楽な墓探しはないだろう」

「私たち、運がいいのかも」

永眠する場所が決まったことに、ふたりはほっとしていた。実際、急に気持ちが軽くなって、寺を出ると海の見えるレストランで祝杯を挙げたほどである。その日から八年が過ぎたが、寺の景色は変わっていなかった。

築地塀《ついじべい》の潜《くぐ》り門《もん》を抜けてゆくと、山側に分譲墓がある。陽当たりがよく、夏は暑いくらいだが、高い石塔がないので清々する。観音像の前に先客がいて、立ち姿のよい、ほっそりした銀髪の女性であった。仁科が寄ってゆくと女は顔を向けて、しばらく彼を凝視した。風があたりの梢を渡ってゆく間に、彼にも親しい人が見えてきた。

「ひょっとして久美《くみ》ちゃんか」

「ああ、やっぱり仁科さんね、こんなところで会えるなんて信じられない」

「しかし、君はなんでこんなところにいる」

「仁科さんこそ」

「ここは私の故郷だよ」

「私はここにお墓を買ったの、ほら、あそこにあるでしょう」

彼女は自分の墓を指差した。観音像を挟んで仁科の墓とは反対側の一画で、たしかに高《たか》原《はら》久美とある。仁科は彼女の手を見ると、急に触れてみたくなって、

「懐かしいなあ、お手柔らかに頼むよ」

と握手を求めた。笑顔とともに華奢な手が伸びてきて、触れると思った通り枯れた感触であったが、女らしいことに変わりない。彼の手は静脈が浮き出て、さらに枯れていたから、男らしいと言えるかどうか怪しかった。

「君はちっとも変わらないね、目に独特の潤いがある」

「仁科さんの小皺《こじわ》もいい感じです」

「あれから何十年も経ってしまった、君が引退して幸せに暮らしていると風の便りに聞いたことがある、いろいろあったから嬉しかったよ、こうしてみると男と女は別れてからの方が優しくなれるらしい」

「あのころ、私は子供でした」

「私もさ、当時はそう思わなかったがね」

ふたりが交際したのは昭和のことで、若い歌手が恋愛を禁じられていた時代の、ちょっ

とした冒険からはじまった。出会いはアイドルと呼ばれるポップス歌手のお定まりで、どこかのテレビ局であったが、いつかしら視線を交わすようになりながら、お互いに忙しくて語り合う機会に恵まれなかった。所属する芸能プロダクションによって規則も自由度も違うので、プライベートではなかなか会えない。仕事以外のことではマネージャーも信じられなかったから、仁科はある日こっそり彼女にメモを渡すことにして、自分の気持ちと連絡先を記した紙を持ち歩いた。

やがてそのときがきて、歌番組の収録中に彼はメモを渡した。受けとった久美はすぐに理解したが、衣装に隠すところがなかったので靴の隙間に押し込んだ。

マンションの一室にひとりで暮らしていた仁科のもとに電話がかかってきたのは、それから半月ほどあとの深夜であった。彼は驚喜して、しどろもどろになりながら恋心を伝えた。そのときは久美の方が落ち着いていたかもしれない。

「どうしたら二人だけで会えるかしら」

と彼女は言った。

「スケジュールを教えてくれないか、休みの合う日があるかもしれない、それまではこうして電話で話そう、しばらくは親しい人にも内緒にしておこう、いいね、週刊誌にすっぱ抜かれたら会えなくなるから」

「テレビ局でメモをくれるのも危険だわ」

「分かってる、これからは君のお尻だけ見ていることにする」

「嫌らしい」

そう言った声には恥じらいと喜びが交じり合っていた。相思の関係を確信したときから仁科は年上の男を意識し、当然の情欲とは別のところで、どうして彼女を守るかということも考えなければならなかった。先輩の歌手にも久美に目をつけている男がいたし、仁科の若さでは彼らの手練手管《てれんてくだ》に敵わないからであった。久美には恋に恋しているようなところがあって、二十歳をすぎた芸能人にしては珍しくバージンであった。そう知ると、いっそう独占欲を膨らませてゆくのが男である。

それからのふたりは慎重に行動し、大胆に密会を重ねて、結婚を考えるところへ向かっていった。芸能プロにスカウトされる前はライブスポットでジャズやボサノバを歌っていた仁科は、久美のなんとも言えないメローな歌声にも惹かれた。ある年齢に達したら路線をかえて、ふたりで好きな音楽を仕事にする夢も生まれた。そういう人生の愉しみを分かち合いながら、しかし会わずにいられないのが若さであるから、危険を冒すこともあった。

あるときグアムで待ち合わせて、同じホテルにそれぞれの部屋をとり、久しぶりの休暇と海を愉しんでいたとき、誰かに写真を撮られた。そのときは気づかなかったが、ひと月もすると週刊誌に載って、取材攻勢がはじまった。どうみてもお友達ではすまない写真であったから、ふたりは事務所とも相談して初々しい交際を認めた。間違えると歌手生命に関わるので、しばらくは会えなくなった。するうち週刊誌が久美の実家を狙った。

話し好きな父親が自己弁護するほど記者に利用されて、歌手同士の恋愛が家庭の問題へすり替わってゆくさまは異常であった。もっとも仁科もそれで久美の境涯を知ったようなものだが、芸能人には家庭環境に恵まれない人が多いので、さして気にならなかった。問題は久美自身ではなく家族の側にあって、生活を彼女の収入に頼っていることであった。

彼女は岡山の小都市の生まれで、父親は小さな工務店に勤めていたが、酒で体を壊して休みがちになり、臨時雇いに等しい仕事でどうにか家族を養っていた。子供たちの教育を考える余裕はなく、心もなかったらしい。自力で歌手の道を目指し、なんとか成功した久美は一家の金蔓になってしまい、遠く離れて暮らしながら家から逃れられない状況に陥っていた。頼りない親のために家賃のいらない家を建て、年の離れた弟を大学へやることが彼女の目標であったが、やがてそれは義務に変わっていったという。

仁科との結婚に家族が反対したのは、収入源を絶たれる怖れからであろう。相手が誰であれ、彼らにとって久美の結婚は早すぎるのであった。

「彼女とは別れた方がいい、家族まで背負う結婚はうまくゆかないし、このままだと二人とも潰される」

そう仁科はマネージャーに言われた。けれどもあきらめられなかったから、なんとか切り抜けようとした。

「家族がなんだ、俺たちの人生だろう」

「ごめんなさい、最初に話しておくべきでしたが、どうしても言えませんでした」

「そんなことはいい、金で片づくことなら稼いでやる」

「本当にごめんなさい、私が頑張ります」

彼女は言ったが、それからのふたりは人気が落ちて、収入も減り、歌もヒットしないまま徒《いたず》らに歳月だけが流れた。曲やファンに恵まれない歌手の生活は厳しく、金で問題を片づけるどころか、自身の前途まで怪しくなっていった。人気商売は世間にそっぽを向かれたら成り立たないし、堕ちるときは恐ろしく速い。事務所の方針もあって久美が女優の道へすすむと、ふたりの縁が霞んでゆくのもなりゆきであった。彼女が小さな成功を繰り返すのを遠くに見ながら、仁科は地方で歌いつづけた。その距離がまたふたりを離して、やがて霧消するようになにもない関係へ還っていったのである。

その後、彼は一般人の女性と結婚し、久美はだいぶあとになってから、やはり一般人の男性と結婚した。仁科の結婚は記事にもならなかったが、久美のそれは二、三の週刊誌に書かれて、父親が亡くなっていることにも触れていた。仁科は読んで、久美の遅い結婚を理解した。彼女には自分の人生の準備にそれだけの時間が必要だったのだと分かった。するとなにか縹渺《ひょうびょう》とした歳月の底から、未熟な男と女が吐息交じりにうなずき合っているような気がした。


寺の小山に階段があって、登ると線路の向こうに海が見えるので、ふたりは暑い陽射しの中を登ってみた。仁科にとっては懐かしい海だが、久美には異郷の海である。どうしてここを知ったのか、なぜここの墓に決めたのか、仁科は訊いてみたかった。

「主人は群馬の人で菩提寺へ帰りたがったから、そうしました、私は信心深くないし、最後はひとりがいいと思って、お墓を探していたらここが引っかかったの、なにもかも偶然です」

「君とこうしているのが本当に不思議だ、しかも墓まで近い、墓碑の名が結婚前の名前だが、あれはどうして」

「ひとことで言うなら、歌手の高原久美として終わりたかったから」

「女優の高原久美の方が有名だね」

「ええ、でも私の原点は歌手だし、正直、演技より歌の方が好きです」

それは嬉しい言葉であった。仁科は演技の才能もなく、声もかからず、結局歌うことでどうにか生きてきたので、なにか同時代を生きた戦友のような親しさを覚えた。デビュー後の一時期を除いて、歌手として成功したとは言えないことも共通している。

「あなたはいつまで歌ったのかしら」

久美の目にかつての情が滲《にじ》むと、彼も若返る気がした。

「六十六歳までやったね、運よくジャズバーの専属になれてね、たまに大きなイベントに招かれることもあったが、枯れ木も山の賑わいって感じでね、一曲だけ歌って帰るときの侘しさといったらなかった」

「私にはそんなお誘いすらありませんでした、だからカラオケボックスでよく歌いました、スナックで自分の歌を歌っても誰も気づいてくれないし、だったらひとりのカラオケの方がましってわけ」

「歌はやっぱりライブがいいよ、どんなに狭くても、楽器の奏者がいて、お客がいて、そのときの心境が直接伝わる、パンクの連中とやったことがあるが、彼らは結構まじめに音楽と向き合っている、技術もあるしね、その点、今のポップスは分別臭いことを歌いすぎるね、彼らの若さで分かったふりをするのは青臭い、そう思わないか」

音楽に対する考え方は人それぞれだが、聴衆のひとりに還った仁科は大人の心に響く歌の少ないことや、歌詞の貧しさに不満を持つようになっていた。久美なら分かるはずであったから、彼は無意識に古い美しい曲のことなど話した。その間にも海が色変わりして水平線の空に溶けていった。

「外国の曲にしろ演歌にしろ、二十世紀の歌には知的な未熟と成熟があったでしょう、あのバランスがよかったのね、当時は気づかなかったけど、アレンジが素晴らしかった」

「男女の破局をボサノバ風にしたら、大ヒットした曲があったろう、よい詞をよい音にする作曲家がたくさんいて、かなり豊かだったと思う、今なら君の歌もジャズにできるよ」

「ほんとに」

「簡単さ、ジャズピアニストに任せたらわけもない」

寺の小山で好い年をした男と女が話すことではなかったが、ふたりはこの話題を愉しんだ。交際していたころの彼らは肌を合わせることで充たされ、不測の事態を希望に変えることに夢中で、知らず識らず音楽をないがしろにした時期がある。懸命に歌っていながら気持ちが入らず、そのことに苛立ち、腑抜けた歌手を聴衆に見抜かれた。心の不如意ほど歌に出るものもないのだった。他人に成《な》り果《おお》せる演技はどうであろう。

「テレビドラマで歪んだ骨肉の関係を演じたことがあったろう、あのときの演技は見ていて苦しくなるほど自然だった、君はずいぶん長く苦労したようだね」

「親と長女の関係は変えようがありませんでした、父が仕事を辞めてしまい、他県で就職した弟も仕送りをしましたが、彼にも生活があってつづきません、私たち姉弟は互いの事情を理解できますが、親は他人より無理解な怪物でした、深い愛情をそそがれたわけでもないのに捨てることもできなかったのです」

「よく耐えたね、それでなにかご褒美はあったのか」

「皮肉と指図の嵐です、私はとうとう神経を痛めて彼らを憎むようになりました、でも憎めば憎むほど落ち込んで精神を病んでゆきました、そんなときに支えてくれたのがマンションのとなりに住んでいた主人でした、彼は人の苦しみを見ていられない緩和ケアの医師だったのです」

久美は淡々と話しながら、やがて訪れる母親の非人間的な闘病と父親の孤独死を冷淡に受けとめたことを告白した。人は生きたように死ぬと思ったという。仁科はそばに彼女のいる休らいに浸りながら、人に恨まれて死んでゆくのはどんな気分だろうかと考え、結局そこへゆきつくために久美が浪費した人生を思い合わせて、どちらも哀しいと思った。

「あなたは苦労しながらもどうにか平穏な人生だったようですね」

「まあ、君と比べたら御《お》の字《じ》だろう」

仁科は沖に浮かぶタンカーのような船影を見ていた。いつも同じ場所にいるように錯覚する船で、どこか自分の人生に似ていると思った。歌うことだけが生活の手段であったせいか、ほかの生業《なりわい》の喜びも苦しみも知らずにきたが、それ自体が幸福と言えないこともなかった。地方の酒場で誰も聴いていない歌を歌って冬を凌いだことがある。惨《みじ》めな思いをしたが、歌えないよりはましであった。零落《おちぶ》れても、蔑《さげす》まれても、好きな歌があるから生きてこられたとも言える。沖の船が六十年も七十年もそこにいるように見えるのは、たぶん同じ航路をゆくからであろう。彼も貧しいなりにひたぶるに生きて、つまらない寄り道もしたが、終わってみればただの歌好きとして立っている自分を不甲斐ないと見たことはなかった。

　相手の歳月が見えてくると久美は想像を愉しみながら、考えてみればあなたも私の家族主義の被害者ですねえ、と言った。たしかに若い歌手の軌道はそこから狂いはじめたのである。けれども仁科は自分を被害者と思ったことはなく、久美を苦しめるものを憎んだにすぎない。転落の道を辿ったのは自身の才能を含めた運命だろうと思う。

　久美は胸に凝《しこ》った話をしたせいか明るい表情になって、優しいあなたに会えてよかったとしみじみ語った。仁科の故郷で彼に会う偶然を、これこそ宿命のような気がするとも言った。それは仁科も同感であった。

「もう一度人生をやり直せるとしたら、なにをしてみたい」

　かつて愛した女への深情《しんじょう》から、彼は訊いてみた。

「やっぱり歌手かしら、できればあなたと結婚して、テレビなんか出ないで、ふたりでライブをするの、詞を書いたり、ピアノを習って曲を作ったり、本当の意味で音楽に漬かって生きてみたい」

「それはいい、歌には大勢の人を幸せにする力があるからね、あの幸福感は下手な贅沢より貴重だろう」

「異議なし」

見つめ合い、微笑み合っていると、小山の雑木を優しく撫でるように潮風が通り過ぎていった。海はすぐそこだが、ここの潮の香はあっさりしている。下の墓所に麦藁帽子を被った住職がやってきて、枯れた供花《くげ》を片づけるのを見るうち、仁科は別れのときが近づいているのを淋しく感じた。そのとき久美が言い出した。

「こんな素晴らしい日に贅沢を言ったら罰があたるでしょうけど、どこかであなたとライブの歌を聴いてみたい」

「大賛成だね、だがこの近くにそんな店はない、どうせならブルーノートか馴染みの店へ行きたいところだが、どっちも遠いな」

「行きましょう、お願い、電車だと時間がかかるし、お店の席料も払えないけど、私たち空を飛べるのよ」

久美は明るく言った。


カクテルと食事を愉しみながらライブを聴けるバーはスペインのバルを大きくした感じで、夏の日が暮れてまもなくふたりが入ってゆくと、エレガントな照明の中に多くの人が憩っていた。店内に流れる古い洋楽の調べが快く、八時にはじまるという今日のライブはピアノトリオとヴォーカルトリオのコラボレーションということであった。幾度もこの店のステージに立ったことのある仁科は、立ち見によい場所を知っていて、ステージの対極にあるバーカウンターの隅に久美を案内した。恋人を真似て寄り添うと本当に恋人に還ってゆくようで、年甲斐もなく胸をときめかせた。

「みんな、とても幸せそうね」

「私たちもあやかろう」

仁科は幸福な久美を見ることでなぐさめられたし、そうしているとふたりの人生を取り戻せる気がした。あいているバースツールにちゃっかり座りながら、久美も似たようなことを言った。彼は勇気を出して、女の肩に手をまわした。

「ぼかあ、幸せだな」

「似合わないから、よして」

「一度は君に言ってみたかったのさ」

やがて開演の時間がきて、清水が岩肌を流れるように滑らかな演奏とハーモニーがはじまると、よい音楽に飢えていたふたりはうっとりした。演奏家も歌い手も日本人だが、曲は「プット・ユア・ヘッド・オン・マイ・ショルダー」。英語も美しい。レターメンを思い出した仁科が、そう囁くと、

「しっ」

と久美は邪魔な声を嫌った。胸の中で彼女も歌っているらしかった。

一曲目から客は食事の手を休めて聴き入っている。生演奏の音は優しく、歌声はメローに響いて、客を酔わせてゆく。カクテルの多く出る店で、バーテンダーが忙しくなるにつれてテーブルウェアが片づいてゆき、贅沢な大人の夜が訪れるのであった。あいたグラスを下げてきたウェイターがバーテンダーに向かって、パーフェクトです、と言うのを聞くと、仁科は親指をあげて称えた。貫禄のついたバーテンダーは顔見知りであった。

久美がもう陶酔しているので、仁科は彼女の上体を存分に抱いていた。肩のあたりが痩せてしまったのが惜しいが、遠い日の記憶が不足を満たしてくれる。美しい歌と音が彼らの抱擁を加速した。

コラボレーションの主軸は愛のラインとみえて、ポール・アンカ・ナンバーからジョン・レノンの「ラヴ」まで、バラードの名曲がつづいて仁科はすべて知っていた。ジャズ風にアレンジして、ステージで歌った曲もある。オリジナルをリアルタイムで聴いていない久美には初めての曲もあって、彼女は興奮した。

「これは誰のなんという歌かしら」

気に入った曲が終わると、紅潮した顔をあげて訊ねた。

「ドリス・デイの、恋におちたとき」

「オリジナルは女性なのね、私も歌ってみたい、思い切り気持ちが入るような気がする」

「あとで教えよう」

仁科は言い、次の曲がはじまると黙った。

圧巻はヴォーカルトリオのアカペラで、曲は「あなたゆえに《ダヒル・サヨ》」であった。フィリピン人なら生まれ変わっても歌えるという歌を、驚いたことに彼らはタガログ語で歌った。するとと客席がしんとした。メロディを追う溜息のせいであろう、あちこちでキャンドルの明かりが揺れているのが見える。明らかに久美も魅せられていた。

「なんて素敵なメロディなの」

「フィリピンのバラードの傑作だよ、世界中で歌われたが、原語がいちばんだと思う」

「ああ、フィリピンへ行ってみたい」

この美しい曲のお蔭で、彼らは苦い過去を忘れた。死んでしまったことも忘れた。よい音楽を聴くことは、それ以外のすべてを忘れることでもあった。しつこい恨みや悔いが浄化され、悲哀にすら温もりが生まれる。素晴らしいライブに連れてきてくれた男に感謝しながら、久美は欲張りなことを言った。

「とても幸せな気分だわ、ねえキスして」

うなずいたものの、うまくできるかどうか仁科は自信がなかった。けれども、とろんとした女の目に促されて恐る恐る唇を重ねてみると、あとはおもしろいように決まってスムーズなくちづけを繰り返した。するうちピアノトリオが「夏の日の恋」を奏ではじめ、またぞろ久美がうっとりと溺れてゆくのを彼はじっと見守った。

幸福な時間はたちまち過ぎてゆき、気がつくとふたりは体の芯から酔っていた。

「どうだね、ステージに立って彼らと歌ってみないか」

「歌詞を覚えてからでないとできないわ」

「ピアニストの楽譜を見ればいい、どうせ誰にも見えやしない」

「そうね、行ってみましょうか、あの曲をもう一度やってくれないかしら」

「そうピアニストに囁いてごらん、彼がリーダーらしい、あの曲なら、譜面の歌詞はカタカナ表記だろう」

アンコールに応える曲に見当をつけていた仁科は、久美の望みを叶えることにいくらかの自信があった。ステージに立つと、果たして十分ほど後にそのチャンスが訪れた。アンコールの拍手が起こり、すぐにピアニストがメンバーに合図したのは「あなたゆえに」であった。囁きが通じたと思った久美は仁科に抱きついて、感謝のくちづけをした。

「さあ、はじまるよ」

「素晴らしい眺めね、どきどきする」

彼らはピアニストの背後に立って、譜面を覗きながら歌いはじめた。ゆったりした甘美なメロディにしては歌いやすい曲で、仁科は抑え気味に協和し、久美は堂々と歌った。艶のある伸びやかな歌声は若いときのままであったから、仁科を喜ばせた。久美がピアニストの肩に片手を置くと、彼も倣って反対側の肩口に手を添えた。そうして初めてのハーモニーを愉しみながら、彼らは永遠の喜びを摑《つか》み取ろうとしていた。その優しい抱擁にも似た感覚が、仁科にはまるで生きていることのように思われた。

安全地帯

the sixth story

ようやく朝が白くなるころ、庭の車に置いた露を見ながら、サンダル履きで郵便受けを覗くと、まだ新聞がきていなかったので光雄《みつお》は腹が立った。新聞をくまなく読んでから家を出るのがならわしで、それは退職した今も変わらないが、ゴルフへ出かけてゆく日の彼は朝が早い。しかしいつもならきている時間であったし、読まずに出かけるのは縁起が悪かった。

食卓に戻って妻の早月《さつき》に文句を言うと、

「忘れたのですか、今日は休刊日ですよ」

と笑われた。そういうときの彼女はこのごろ小馬鹿にするような目をする。若いときはそれなりに夫を立てて、せっせと働かせる主婦であったが、役目を終えた今は世話の焼ける男にしか見えないのかもしれない。光雄は光雄で、すっかり女性の魅力をなくした妻と惰性で生きている気がした。

共働きをつづけて、揃って市役所を定年まで勤め上げたせいか、一日中顔を合わせる生活がはじまると、なぜとなく疲れた。第二の人生といっても光雄にはパチンコとゴルフしかなかったし、早月はそれもしなかった。ふたりして物惜しみする質であったから、贅沢な世界一周旅行などは考えもしない。億単位の貯えが彼らの自信であり、たっぷりある年金で気楽に暮らしてゆくことが老後の理想であった。その意味では見事に成功している。

朝のパン食は目玉焼きがひとつ増えただけで勤めていたころと変わらない。光雄は二杯目のコーヒーをもらいながら、皿に流れた黄身をトーストで丁寧に拾っていった。それから無様な唇を指で拭《ぬぐ》うのも毎朝のことであった。ひとりで遊びにゆく男の引け目から、たいした興味もなく訊ねた。

「例のリフォームの件はどうした」

「しつこいので一旦断りました、外まわりだけで五百万もかかるって言うし」

「それでいい、ブームが去れば安くなるさ」

二十代のときにローンを組んで購入した戸建ては間取りが悪く、あちこち傷んでいたが、狭いトイレのほかに大きな不自由もないので手を加えていない。二階の一室に大学を出てからずっとひきこもりの息子がいるのも変わらない。彼なりに就職活動もし、一時はアルバイトもしたが、社会生活に適応できない人間を自覚すると安住できる場所は家のほかになかった。腫れ物に触るようにして相談に乗っても、励ましても、なにも変わらない歳月が流れて夫婦はあきらめていたが、いずれひとりになっても困らないだけのものがあるので安心もしている。

「広明《ひろあき》に図面でも描かせるか、なにかさせた方がいいだろう」

そう思いつきで言ったあと、無駄だという顔の妻を目の端でとらえると、光雄はまた腹が立った。なんとなくひきこもりの遠因に心当たりのある彼はいくらかの責任を感じていたが、早月は「しょうがない子」とレッテルを貼って当たり障りのない関係を守ろうとしている。役所の後輩に相談できる人がいながら、彼らが具体的な行動をとろうとしないのは世間体を気にするためで、家庭の暗部をさらして徒労に終わることを怖れるからであった。そんなことになるなら放っておこうという結論に落ち着いたが、光雄の目に母親としての早月は薄情に見えてしかたなかった。といって自分が優しい父親かというと、そうでもないのが彼の弱みでもあった。そのあたりの矛盾と愛情の薄さが却《かえ》って一家をまとめている不思議があった。

若いころから物事を突きつめて考えることが苦手な彼はひたすら恪勤《かっきん》し、早月は蓄財を生き甲斐にしたので、これといった倦怠期もなく今日まできた。実はかっとしやすい光雄がよく手を上げたのは子供で、したたかな妻ではなかった。同じ役所に勤める妻に暴力を振るえば職場で問題になりかねないという計算もあったし、離婚から慰謝料という流れを怖れる気持ちもあった。相手によって顔を使い分けるのは彼の処世で、世間では「優しい鈴木さん」で通っている。酒は飲むが、外では飲めないことにして同僚の誘いや無駄な散財から逃れるといった小利口なことをよくした。人に対しては優しい口調を保ち、それが信頼に変わるのを腹の底で愉しんだが、どうしてか広明にそれはできなかった。外でいい人を演じて疲れるせいか、そのストレスが広明に向かったという気はする。だがそんなことは誰も知らないので、いい人で通すしかなかった。

「いい服着てるじゃねえか、金回りがいいらしいな、飯でも奢れよ」

ある限られた人にだけ彼は地を出して品のない言葉を使う。兄弟や、今さら驚かない知人を選んで変身するのだったが、度が過ぎて友人を失うこともあった。役所時代の同僚や高校の同級生とするゴルフでは下戸の温良な人を通すので、誘いが途切れることはなかった。本当にまれだが、ゴルフ仲間に飲物を奢ることもある。

朝食をすますと、彼はそそくさと車に乗って出かけた。家族の顔を見ないですむ貴重な一日である。ゴルフをしている間はなんとなく一角《ひとかど》の人物でいられるのがよく、当然瑣末《さまつ》なことは忘れる。晴れた日のコースは清々しく、運動不足の前期高齢者には健康的な遊びであった。もっとも悠々自適の人たちのゴルフは遠出になることが多い。吝嗇《りんしょく》な彼は地元の仲間の家まで車を走らせ、視力の衰えを理由に、そこから先は同乗させてもらうことにしている。ガソリン代が浮くし、運転で疲れることもない。その日も三時間の道のりを運転手付きの気分で過ごし、海の見えるゴルフ場に着くと張り切った。

美しく晴れて、風もよく、彼らは談笑しながらコースをまわった。光雄は体調もスイングの調子もよかった。ところが五番ホールのティーショットで、どうしたのか首を痛めた。初めて経験する嫌な痛みであったが、温良な人間らしく振る舞い、仲間の愉しみを奪わないためにプレーをつづけた。けれどもだんだん体が辛くなってゆき、蹌踉《そうろう》としてきた彼は運の悪い日を悟った。首の痛みも散々なスコアも、新聞を読んでこなかったせいだと思った。

整形外科の診察では首に異常はなかったものの、ひどく肩が凝り、頭の重い日がつづいて光雄は生気をなくしていった。酒を飲んでも気分はよくならず、なにをするのも億劫になって家でごろごろする日がつづいた。見かねた早月が、

「この際、ぜんぶ診てもらったら」

と人間ドックをすすめたのは覇気のない夫を外出させるためであろう。夫まで家にひきこもられては堪《たま》らないのであった。

光雄は渋々承諾した。なにかおかしいという感覚があったし、年齢的にもこのあたりで全身の検査を受けておく方が結果的に安上がりだろうと考えた。何事もなければ気分も晴れるに違いなかった。

最も近い病院の外来で受診することにして予約し、一週間後にはひとりで出かけた。や

はりひとりになりたい早月は昼過ぎに病院へ迎えにゆくから、と言ったが、久しぶりにパチンコをしたくなった光雄はなにかあったら電話をすることにして断った。外で会えば外食になることも面倒であった。

それなりに名のある病院は混んでいて、検査のつづく人間ドックの人たちはあっちへ行ったり、こっちで待ったりするうち顔見知りになって、中には笑いながら愚痴を言い合う人もいた。光雄は隣り合わせた人に声をかけられれば話すが、自分から話しかけることはしなかった。役所勤めといってもあちこち異動になって、市民と話すことが苦痛だった時期があるし、小役人だの公僕だの税金泥棒などと罵られてうんざりした経験が未だに頭の隅に残っているからであった。

「公僕も税金を払っていますよ、あなたと同じ市民です」

そうにこやかに反論したことがあるが、

「末は年金泥棒だろうが」

とやり返された。そう言ったのは今となりに座っている老人かもしれなかった。未納の住民税の取り立てにいって、逆に脅されたこともある。市会議員の家に不幸があれば弔問するというのに、その市議に罵倒されることもあった。課長と示し合わせてする平日のゴルフは出勤扱いであったが、それくらいの背任は許されると思った。どの課でもやっていたし、小役人の特権さ、と開き直る気持ちであった。そんな小さな違反に比べれば、税金を滞納しながら市民の権利を振りかざす輩《やから》の方が悪質であろうし、彼らの鬱憤《うっぷん》の捌け口にされることほど業腹《ごうはら》なこともなかった。

たしかに今は民間企業に勤めた人よりいい年金をもらっている。しかしそれだけの苦労はしたというのが光雄の自負であった。長い間、知り合い以外の市民は敵も同然であったから、よさそうな人に見えても見知らぬ人は信じないことにしている。それが彼流の保身でもある。

エックス線検査の順番を待っていると、同年輩の男が話しかけてきた。

「初めてですか」

「ええ」

「私もです、家内が行ってこいってうるさくてねえ、夫婦で小さな商売をやっているものですから、私が倒れたらまずいわけです、女ってのは男を働かせておけば満足なんでしょうね、お宅はどうです」

「私は引退してぶらぶらしています」

「それは羨ましい、うちは旅行にもいけませんよ」

よく喋る男で、どんどんあらぬ方へ話が逸れてゆくと、光雄は苛々《いらいら》した。つまらない話を聞いてやる義理はないし、窮屈な境遇の男に同情する気にもなれなかった。それより早く検査を終えて病院を出たかった。

彼は尿意もなしにトイレへ立ってゆき、しばらくして戻ると病院のパンフレットを読むふりをした。すると嫌悪が伝わったのか男はもう話しかけてこなかった。「高齢者の病と療法」という囲み記事に目がゆき、なんとなく読んでみたが、ずっと先のことのように思われ、気にかけなかった。そのうち番号を呼ばれた。

「一三六八番の方、二番の検査室へどうぞ」

無意味に長い番号を確認しながら、受刑者じゃあるまいし、と光雄は腹が立った。検査室へ入ると挨拶もしない若い医師が待っていて、名前と誕生日を言わされる。場所を移る度に言わされるので、名札でもつけた方がよいのではないかと思ったが、待つことにくたびれて言う気にもなれなかった。かわりに看護師たちの足下を眺めて、スニーカーから私生活を値踏みした。忙しいわりに収入はよくないとみえて、安物ばかりであったが、汚れたら履き捨てるのかもしれなかった。そうしてつまらないことを考えるうちに、いくらかの時間がすぎてゆく。

朝食を抜いてきたので検査開始から二時間も経つと腹がすき、業腹が増していった。散々待たせた挙げ句、家畜のように扱い、高額の受診料をとる。ふざけていると思った。

「お待たせして申しわけございませんが、今日は混んでいますので、もうしばらくお待ちください」

ときどき廊下へ出てくる看護師の説明も聞き飽きて、なんとなく本当の病人の検査を優先していることが分かると、看護師を捕まえて問《と》い質《ただ》す人が出はじめた。不満から大きな声になるので、よく聞こえる。人間ドックの受診者の思いを代弁しているのは六十年輩の男で、役所の窓口によくいるクレーマーを思わせたが、理路整然とした抗議に気分をよくする人もいた。光雄も胸がすいて、にやにやしている口であった。

それからしばらくして胃の内視鏡検査がはじまった。強烈な麻酔のせいで終わるとふらふらになり、ひとりでは歩くこともできなかった。病院は病人を作っているのではないかと疑った。

午前中に終わるはずの検査が遅れに遅れて、病院を出たのは二時過ぎであった。通りの立ち食い蕎麦を掻き込んで、喫茶店で一服すると、ようやく人心地がついたので、彼は家に電話をしてから駅前のパチンコ店へ歩いていった。

「遅くならないようにしてくださいね、どうせ負けるんだから」

早月の言葉はいつものように状況という的を外していた。想像力がなく、思いやる気持ちもなく、台所の石鹼かなにかのようにざらざらしている。光雄は歩きながら、なんだかつまらない気がした。

パチンコでなにもかも忘れてゆくうち、彼は高校の同級生に出会った。地元の高校を卒業して、東京の大学へすすみ、またぞろ地元に帰って暮らしている男は少ない。会えるのは奇遇に近い。それは相手にとっても同じことで、それほど親しい間柄ではなかったが、

「よかったら、どこかで一杯やらないか」

と誘われた。高校のときサッカー部でキーパーをしていた男は岡野といって、結構女子生徒に持てていたが、そんな面影はもうなかった。修学旅行のときの記憶であろうか、光雄が飲めるのを知っていた。

「実は病院の帰りでね、この通りついていないし、持ち合わせがないから」

光雄はほとんど本能的にそう言っていた。

「どこか悪いのか」

「いや、ただの検査だよ」

「だったら奢るよ、すぐそこの裏通りに安い店がある、サービスは最低だが、美味いものを食わせる」

「じゃあ、遠慮なく」

「そうこなくちゃ」

岡野は懐かしい男と話せることが嬉しいらしく、半端な玉を煙草に替えて、そそくさと外へ出た。秋の夕暮れの近づく時間で、酒には少し早いものの、裏通りの店の看板はどれも灯っていた。「シンシア」は本当に小さなスナックバーで、カウンターの中にどう見ても老けた女がひとりいるきりの、胡散臭い店であった。

「覚えてないか、テニス部の桜井京子だよ」

「え、あの桜井さん」

「どうだ、化けただろう」

岡野は常連らしくからかった。

「いらっしゃいませ、鈴木さんでしょう」

「よく分かりますね」

「市役所でお見かけしたことがあります、こんな商売ですから、人は覚えます」

商売にしてはおとなしい口調が雰囲気を醸すと、京子はそれなりに淑《しと》やかな女性に見えた。苦労して辿り着いたらしい稼業であることは聞くまでもなかったが、女の頼りない歳月と年輪とが風貌に滲み出ている。

ビールで再会を祝すと、岡野が手洗いにゆくうちに小鉢が出てきた。洒落た摘まみはカクテルピンに刺した銀杏《ぎんなん》や貝柱で、どうして作るのか小ぶりの貝柱が絶品であった。

「これ、美味いなあ」

お愛想でも世辞でもなく、光雄は舌鼓を打った。少しの手間をかけるだけで旨味の増す料理や、その陰にある暖かい気持ちに飢えていたことに気づいた。病院の疲れが一気にとれてゆく。君ひとりで全部やるのかと京子に訊いていると、戻ってきた岡野が、

「京ちゃんの手料理は気がきいているだろ」

と言った。光雄はビールを注いでやりながら、岡野と京子のざっくばらんな関係を羨ま

しく思った。外へ出たら温良な男で通す彼に岡野の真似はできない。

「なんというか、庶民的な料亭の味だね」

「色気はどぶへ捨てちまったが、料理の閃きは若々しい、食い意地の張った狐でも憑いているんじゃないか」

「失礼ねえ」

京子は拳をあげたが、むろん本気ではなかった。

「さあ同窓会をはじめよう、鈴木は病院帰りだそうだから、どんどん美味いものを食べさせてやってくれ」

「病人には見えませんけど、入院してたのですか」

「いや、ただの検査ですよ、家内がうるさく言うものだから」

「羨ましいね、俺も京ちゃんも連れ合いに先立たれてね、子供はいるが、ひとり暮らしだよ、気楽だが侘しい、それでふたりで馬鹿を言い合ってる、京ちゃんに男ができたら俺は自殺するよ、絶対にできないって分かってるのも情けないが、奇跡が起きたら見ちゃいられないからな」

皮肉ともユーモアともつかない話に京子は笑って、

「そんなこと言ってるから持てないのよ」

とやり返した。四十年も前に同じ高校で学んだというだけで、白髪交じりの男と女が学生気分に還ってゆく。京子と岡野はその後のある月日を分け合ってきた仲だが、光雄が入ると会話も変わるらしかった。

「私たちの歳になれば病気もするし、働きたくても働けなかったりする、岡野さんのようにのほほんと生きている人の方が珍しいわ」

京子が言うと、岡野は皮肉な薄笑いを浮かべて無精髭をさすった。

「相変わらず男を見る目がないねえ、俺はここで飲むことで京ちゃんに年金の四割を寄付している、さりげない慈善事業だよ、本当にのほほんと生きている男にできると思うが」

「先月分のつけを払ってから言ってね」

「聞いたか、鈴木、テニス部の可愛子《かわいこ》ちゃんも変われば変わるもんだろ、飲まずにいられないよな」

「私たち、生き方のことでよく喧嘩するんです、岡野さんがいい加減だから」

京子は光雄に目をあてながら、となりの岡野に言っていた。

「せっかく健康を取り戻したというのに不健康なことばかりして、それが人生だって言うんですから呆れます」

ある時期、岡野が顔を見せなくなったことがあって案じていると、やがてひょっこり現れた男は、いい女に捕まっちゃってね、と言ったという。よく聞くと、いい女とは若い看護師のことで、深刻な入院生活を茶化したのであった。そういうふざけた言い方を許せない京子はむかむかしたが、岡野に言わせると枯れた女の焼き餅ということになった。

「実は肺癌をやってね、いろいろ考えさせられた、今の医療は残酷だから、命のことばかり思いつめていると治療地獄に落ちる、裏から見れば大病院は死体製造工場だよ、医者に任せておけば安心なんて思っていると殺される」

そう言いながら、彼は煙草を咥《くわ》えた。

「我々の歳で大病を患ったら、命をとるか人生をとるかのいずれかだろう、点滴と酸素吸入で命を維持したとしても人生は別のところにある、違うか」

「だからといって煙草を吸うのはどうかな」

「そこが人生観の違いさ、俺の煙草は思考と自由の煙が出る、体に悪いとしても心にはいいと実感してきた、好きなものを絶って死んでいった人を何人か知っているが、どれも安らかな死とは言えない、命に執着して人生の時間を粗末にした結果だろう」

そういう男にライターの火を差し出すときの京子はあきらめているようにも許しているようにも見えて、光雄はほどよい狎《な》れ合《あ》いを眺める気がした。ウイスキーの水割りをもらって美味い煮物を摘まんでいると、内輪の雰囲気が生まれて気が緩んでくる。三人でも窮屈なバーは居心地がよくなり、皮肉と親身と迎合のお喋りが弾んだ。客はまったく入ってこなかったが、いつものことらしく、京子は気の置けない夜を愉しんでいた。

「鈴木さんは悠々自適でしょう」

と彼女は訊いた。

「いやあ、小市民に毛の生えたようなものですよ、未だにぼろ家《や》住まいですし」

「パチンコは負けるし、小遣いはないしか」

「女運もないですねえ」

光雄は調子に乗って喋った。

「京ちゃんを二号にするのはどうだい、愛人って器量じゃないが、安くあがるぞ」

すかさず半畳を入れた岡野を、京子が妖しい目で睨んで、

「それ以上言うと、本当に怒るから」

と威嚇した。そんな遣り取りがふたりの呼吸と分かると、光雄は出しに使われたような気がする一方で、ここに憩う岡野の気持ちが分からないではなかった。たしかに女はかつての美貌をなくしていたが、年齢にふさわしい魅力はあって、それこそ長い苦労の産物であろう諦観や思いやりを感じさせるからであった。男は男で皮肉に情をこめる。そこに光雄はある歳月を経てつながる男と女の、友情というには濃密で怪しい、身近な情の交わりを見はじめていた。それは彼の生きてきた世間にはないものであったし、これからも生まれそうにないしなやかな交わりに思われた。

自治会の役員会を終えた昼下がり、家に帰ると、早月は居間の安楽椅子にもたれてテレビを見ていた。スナック菓子の大きな袋を抱えて、にやにやしている。光雄は妻のだらしない姿を見ながら、

「玄関の鍵があいていたぞ、サンダルも脱ぎっぱなしじゃないか」

と小言を言った。

「あら、そう、ちょうどいいときに宅配便がきたのよ、うっかりしたわ」

その言い草にも彼はむっとしたが、トイレに行きたかったので、新聞を摑んで歩いていった。自治会の集まりといってもたいした議題もなく、会費を使って役員のひとりが営む蕎麦屋で昼食をとり、どうでもいい世間話をしただけである。光雄は適当に調子を合わせていたが、当たり障りのない話題と作り笑いの応酬に紛れるには忍耐を要した。夫婦の会話も似たようなもので、無味乾燥な言葉の投げ合いに堕していたが、一日は無事に流れて不自由はなかった。

トイレで新聞を開くと、読みさしの紙面に著名人の闘病の記事が出ていた。日替わりの主役交代で、今日は中年の女優の闘病記である。大腸癌の発見と手術、腹膜への転移から抗癌剤治療の苦しみへとつづく死活の日々が生々しく伝わってくる。誰であれ病人は専門的な知識がないのがふつうであるから、医師の言葉を信じ、全面的に頼ろうとするが、彼女は直感的に担当医の言動を怪しみ、自ら抗癌剤をやめて転院したという。結果として癌

は根治していないが、いま生きていることが正解だと考え、前向きに人生を見直すところまできたと語っている。その写真の顔は晴れ晴れとして、光雄は女優の素顔を眺める心地がした。以前なら読み飛ばす類いの記事と写真に、どうしてか暖かい感情を呼び起こされる気がした。

夕暮れに彼は晩酌をはじめて、となりの椅子に置かれた郵便物に気づいた。

「なんだ、人間ドックの結果か」

「そうでしょう、病院関係に知り合いはいないし」

興味のない声と顔で、早月は出来合いの厚焼き卵を切っていた。

「なぜ早く見せない」

「急ぐこともないと思って、今日届いたものを今日見たら、十分でしょう」

「大事な報せかもしれない」

光雄は皮肉になりながら、その場で封筒を開けてみた。早月は大皿に出来合いのものを並べて、パセリを添えている。グラスを干して封筒の中身を取り出すと、一枚の結果報告書は腹部の異常を知らせ、再検査をすすめるものであった。具体的には大腸の内視鏡検査ということである。これまで血液検査で異常な数値が出たことはなかったし、首の痛みも引いていたので、予期しない結果に彼は不安を覚えた。

「癌かな」

と思うと、たちまち前途が暗くなった。

食卓に早月がやってきて、自分のグラスにビールを注ぎながら、どうでしたかと訊いた。彼は答えるかわりに報告書を渡した。

「再検査ですか、こうしてお金をとるのね」

彼女は言った。

「今すぐ検査の予約をしてくれ、早い方がいいだろう」

「もう受付時間は過ぎています、明日の朝にしましょう、きっとなんでもありませんよ」

「明日なら自分で病院へ行ってくる、腸の検査は初めてだし、事前に訊いておきたいこともある」

冷静さを装いながら、彼の胸の中は不安が暴れていた。これくらいのことでと思うものの、急に酒を飲む気がしなくなり、寝床に潜り込みたい気持ちであった。早月を相手に弱さをさらしたり、しみじみ語り合ったりすることはできなかったから、彼はしばらくしてそうした。

「もう寝るの、食事はいいの」

早月は嫌な驚き方をした。たかが再検査の通知くらいでという蔑《さげす》みが、言葉よりきつい目に表れていた。

「たまには広明を呼んで、ふたりで話してみたらどうだ、俺がいなければあいつもビールくらい飲むだろう」

「そうね、でも今日はそんな気分になれないし、またにするわ」

それから五週間をやり過ごしてようやく再検査の日がくると、光雄はひとりで出かけていった。冷える朝であったが、車の運転は禁止されているので、タクシーが嫌なら歩くしかない。公園や神社の道を拾ってゆくと、木立に冬の気配がする。彼は半コートの襟を立てながら、出がけに早月が言ったことを思い出した。

「たまたまなんだけど、カラオケの仲間にランチに誘われたの、行ってもいいかしら」

「ああ、いいよ、ただし遅くなるなよ」

「二時までには帰ります、それまでにあなたの方も終わるといいわね、今日はパチンコも禁止よ」

「そんな気にもならないだろうな」

「じゃあ気をつけて、行ってらっしゃい」

いつになく早月は長く見送って、光雄が振り返るのを確かめた。そのとき彼は住宅地の角にいて、ちょうど家から出てきた顔色の悪い男と、仕事へ追い立てる女のやりとりが目にとまった。女は今日の早月そのもののように思われた。

病院は朝から検査の順番を待つ人で混み合っていた。受付のはじまる三十分前であるのに、検査病棟の待合室にはもう下剤を飲んでいる人がいる。二リットルのポリ袋は胃袋より大きく見えて、残酷な検査を思わせた。

今日の彼は一二三五番であった。四という数字は使わないらしい。番号の紙切れと診察券を持って待っていると、看護師が番号を呼びながら下剤と紙コップを運んできた。

「二百五十ミリリットルを十五分で飲んでください、一リットルを飲んでまだ便が出るようなら、水を五百ミリリットル飲んでください、それからまた下剤です、検査は腸内がきれいになった人から行います」

録音テープを聞くような、早口の説明は年寄りにはうまく伝わらないだろう。かわりに付き添いの家族が理解し、紙コップの目盛りで下剤の量を量り、時間を計った。

ブースのような検査室が並ぶ廊下は壁際に椅子が並んで、同じ下剤を飲む人が少なくとも二十人はいた。ほかの人は胃カメラの検査らしく、ただ呼ばれるのを待っている。光雄は壁の時計ばかり見ていた。運のよいことに顔見知りはいなかったし、話しかけてくる人もいなかった。

病院の廊下は明るく、人の表情がよく見える。こんなときでも笑ってお喋りをするのは年輩の女たちで、男たちはすでに病人の顔をしている。光雄は患者予備軍の多さに驚きながら、自分もそのひとりに過ぎないことに妙な安心感を覚えはじめていた。そこにいる全員に癌が見つかっても不思議はないのだと思った。肺癌を克服して煙草を吸っている岡野を見ていたせいか、なんとかなるだろうという気がした。

下剤はスポーツドリンクのような味がして、思ったほど不味くなかったが、たとえ絶品のスープであっても二リットルは飲む気になれない。だが飲むしかなかった。やがて頻繁にトイレに駆け込むようになると、彼は下剤の味を忘れた。空腹も忘れていたが、いつまでも便が出るのが不思議でもあった。下剤をくれたきり知らん顔の病院は人間味のある対応をすべきであった。再検査へ誘導された側からみると、病巣を確認するために金を払い、見つからなくても金を払うのはどこかおかしいし、五週間も待たされた挙げ句、ただ人数を片づけてゆく装置に乗せられた感じがして釈然としない。そのうち尊厳を無視した検査方法にも腹が立ってきた。

「一二三五番の方、便はなくなりましたか」

いい加減経ってから看護師がまわってきたとき、疲れて下を向いていた光雄は彼女のスニーカーにまだ赤い血がついていることに気づいた。検査を待つ人間にとっては不吉な前触れでしかない。靴を履き替えてはどうかと言いかけて、躊躇したとき、

「まだのようですね、もう一回下剤を飲んでください、三十分ほどしたらまたきます」

看護師は時計を見て、そそくさと去っていった。病院にいるだけでも苦痛なのに苛々が募って、光雄は胆力を消耗していった。まわりを見ると、検査をはじめた人がまだいないようであった。あとからきて下剤を飲みはじめる人はいるが、帰ってゆくのは胃の検査の人ばかりであった。

「これじゃ、いつになるか分かりませんね」

ずっととなりにいた初老の男が話しかけてきた。彼には娘らしい人が立ち詰めで付き添っていたが、どこかで一服しているのかもしれない。消化器科が混むのは分かっているのに、なんの手も打たないんですから、と男はあきらめ半分に病院を非難した。

「ぼんやりしているしかないでしょう、新聞でもあればいいのですが」

「売店で売ってますよ」

「そうですか、しかしこの雰囲気じゃね、そのうち夕刊でしょうし」

光雄は立って体を解《ほぐ》しながら、男の言う通りだと思った。

三十分ほどして現れた看護師が、手術が延びているので検査は午後一時からになりますと告げてまわると、溜息をつくしかなかった。検査時間は約三十分と聞いているが、二十人からの人が一斉にできるわけではなかった。順番の運によっては何時になるか知れない。待ち時間の長さに脱力すると思考も鈍りはじめて、癌の不安より、今日という日を憎む気持ちが増していった。

もともとゆったりと構えられない性格であったから、身の程を知る彼は安全地帯を選んで生きてきたようなところがある。それで経済的に成功したし、優しい鈴木さんにもなれて、浪費の誘惑からも逃れてきた。愚かな人間にはできない、と自分ながら思うし、まわりを見ても自分よりうまく生きている男はいなかった。ひきこもりの息子を作ってしまったことが唯一の悔いだが、彼にはいろいろ残せる。不作の妻も考えようによっては良いお手伝いさんである。いつまでも思い通りにならないのはゴルフだけであったが、病が加わりそうであった。

気怠さと空腹を我慢して昼どきをやり過ごすと、不意に眠気がさしてきた。少しうたた寝をしては起き、起きてはうつらうつらするうち、検査用の服を着た人が廊下の椅子に並びはじめた。ひとりまたひとりと検査室へ消えてゆく。光雄はそろそろだろうと思い、眠気を払うために立ったり座ったりした。

「一二三五番の方」

そう呼ばれるのを待ちつづけたが、なぜか呼ばれない。明らかに自分より遅くきた男が先に検査を終えるのを見ると、ひどく腹が立った。看護師は別の番号を呼びながら、素通りしてゆく。

やがて午後の四時をすぎると、彼は我慢がならなくなって、歩いてきた看護師を呼びとめた。その目は血走っていたかもしれない。

「おい、いつまで待たせるんだよ、俺は九時の予約で八時半からここにいる、予約の意味がねえだろ」

「申しわけございません、もうしばらくお待ちください」

「ふざけるな、人をなんだと思ってる」

かっとして地をさらした瞬間、彼は床に崩れ落ちていた。たちまち視界のものが消え去り、見えてくるのは暗幕のように歪んだ闇であった。看護師の声はもう聞こえなかった。どうにか目覚めたとき、彼は髭を伸ばしていた。なにがどうなっているのか分からなかったが、そこは病室のベッドで、そばに早月が立っていた。疲れたようすの女は眉間に皺を寄せながら、

「脳梗塞ですって、困ったわねえ」

と言った。

「冗談じゃない、家に帰るぞ」

彼はそう言ったつもりであったが、舌がまわらなかった。早月は身じろいで、恐ろしいものから後退りする顔であった。じきに彼は起き上がろうとして体が麻痺していることに気づいた。

「タクシーを呼べ、広明もだ、ひとりで苦労を背負《しょ》ったような面《つら》をするな」

そう腹の底から訴えてみたが、早月は事態を怖れる表情のままであった。彼の目は蛍光灯の眩しさを嫌って、妻の安っぽいセーターにそそがれていた。汚れてもいい服か、用意周到だな、と口の中で罵りながら、愛情の欠けらもないらしい女を見咎《みとが》めていた。

しばらくすると医者がやってきて、くだくだしい説明をはじめた。たちまち従順な女に変身した早月を見るうち、彼は苦労して築いたものが意味をなくしてゆくのを感じた。こ

んなことなら京子に金をやってでも付き添ってもらうのだったと思った。すると、にわかに周囲の景色が色褪せてゆき、保険が切れたように優しい鈴木さんも消えていった。

六杯目のワイン

the seventh story

急の仕事に切りをつけて会社を出たときには夜の八時を過ぎていた。西本真弓《にしもとまゆみ》と待ち合わせたダイニングバーは近いが、約束の時間はとうに過ぎている。不機嫌な女を想像しながら暗い店へ入ってゆくと、結構なにぎわいの片隅に真弓はぽつんと座っていた。

「遅くなってすみません、食事はすみましたか」

「まさか、ひとりで食事をするためにきたわけではありませんから」

「そうですね、申しわけない、実は編集者というのは夜っぴて仕事をしたりします、毎日ではありませんが、今日はたまたまそういう仕事が入ってしまってお待たせしました」

相手がどんな女でも船岡《ふなおか》の言いわけは似たようなものだが、真弓とは結婚を前提につきあいはじめたので、その分だけ言葉に気持ちが入った。ついさっきまで平気で大切な人を待たせながら、会えばころりと変身する。一事が万事その調子で、ウコンを買いに出かけて缶酎ハイを買っていたり、目の前の誘惑に弱いくせにちゃっかり損得を計算したり、押し並べて一貫性がない。

そんな性情で他人である女と人生を固めることができるかどうか。彼は五十六歳になる今もひとり暮らしで、彼女は二人の子供を持つ未亡人であった。今どきの四十代の女性は十歳も若く見えて、結婚相手を求めるサークルで知り合ったときから積極的になったのは船岡の方であった。真弓は女の人生とは別に子供の父親を求めているようなところがあって、不利な立場を自覚するせいか妙に落ち着いていた。もっとも夜のデートは家庭のある彼女にはちょっとした冒険である。

「私は食通ではありませんが、ここの料理はなかなかいけます、帰りはタクシーを用意しますから、ゆっくりやりましょう、ワインでよろしいですか」

「お任せします」

「なにか好みはありますか」

「安いカリフォルニアワインが好きです」

「いいですね、私も家では千円以下のワインしか飲みません、休日は昼間から飲みますし、酒代も馬鹿にならない、舌が安上がりにできているので助かります」

これから一緒に暮らすかもしれない女に自分を飾って見せてもはじまらないので、船岡は少しずつ素顔を見せるようにしている。実際酒はかなりやる方だし、結婚してから驚かれても困るのであった。

待つほどもなくワインのボトルが運ばれてきて、オードブルが色を添えるとテーブルが華やいだ。いっとき仕事から解放された船岡は一杯目のグラスを水のように干し、真弓はちびちび嘗めた。夫に先立たれた女の心細い感じはもう見えないが、船岡を慕っているという顔でもないのが正直すぎて、情の火照《ほて》りがない。気を許す段階ではないとしても、安易に打ち解けないところをみると、もともと異性に秋波《しゅうは》を送ったりするのが苦手なのかもしれない。

「お仕事のことを聞かせてください」

と真顔で言った。

「まずひとことでは言えない仕事ですね、昼近く出社して、夜遅くまで働くというのも普通ではないでしょう、文芸出版部は本を作ります、担当する作家が何人もいて、あの人この人と夜のつきあいもあります、原稿が上がると校閲者や装幀家の力を借りて三ヶ月ほどかけて本を作ります、担当編集者はひとりですから、かかり切りになります、その間に文学賞の下読みをしたり、作家の取材につきあったり、会議に出たり、夜の巷で素っ転んで眼鏡を割ったりするわけです」

「会社員のイメージではありませんね」

「服装からしてそうです、男でも背広を着てネクタイを締めている人の方が少ない」

「女性はどうです」

「お洒落な人もいますが、家着のまま出てきたような人もいますね、酒は強いし、面《つら》の皮は厚いしで、男を持ち上げるどころか、おまえ呼ばわりする人もいる、まあそれだけ働きますから仕方のない面もありますが、やはり普通じゃない、亡くなられたご主人は外資の経理部長でしたよね、同じ会社勤めでも紳士でいられたのではないですか」

「ええ、たぶん」

　真弓は曖昧な言葉ではぐらかした。英語の経理という職能を生かして外資系企業の中枢にいた男は、収入にも人脈にも恵まれ、豊かな人生を送っていたはずであった。外国人が自然に出入りする人間関係や空間は都会の中でも別世界と言ってよく、そういう会社の管理職ともなれば年収の桁が違う。早すぎる死は不幸だが、その遺産が今の彼女の生活を支えていることからして、同じ東京の勤め人といっても船岡とは人種が違うのであった。だから真弓の淑《しと》やかさや、控えめに振る舞いながらも堂々としているところに、彼は亡夫の影響を見ずにいられなかった。

「編集者は言葉に仕える足軽ですよ、鉛筆と消しゴムと付箋で飯を食ってる、中には数字の操作で食ってる奴もいますが、たいした人間じゃない、文学を数字で振り分けるのは社長と営業部長のふたりでたくさんです、我々ぺいぺいが懸命に働くのは給料のためだけではありません、いい大工が自分の家でもないのに、いい家を建てるのと似ていますね」

　船岡はいつになく熱心に喋っていることが、自分のことながら快かった。いろいろ真弓に知ってもらいたかったし、仕事や生活の断面が見えてくれば彼女も少しは安心するだろうと思った。結婚願望には彼なりの計算もあるが、煎じつめればひとりのまま死にたくないというだけのことであった。

長いひとり暮らしに終止符を打つには結婚しかない、そう思いつめて行動に出てみると、恋愛が抜け落ちているせいか計算高い女にばかり出会った。ちょっといいな、と思っても、矯《た》めつ眇《すが》めつ見られた挙げ句、失礼ですが年収はどれほどですか、と訊かれると白けた。そちらの探し物は楽な生活ですか、と皮肉な気分になった。そういうことより人間の幅や知性や価値観を探りながら、再婚でも可能性はありますか、としっかり訊いてきたのが真弓であった。

「青森県出身の作家を言えますか」

即答するかわりに船岡は意地悪く切り返した。すると真弓は少し考えてから、太宰治と石坂洋次郎の名を挙げた。船岡は微笑して言った。

「再婚でもかまいません、私が信用しないのは酒を飲まない男と本を読まない女です、どちらも思考を放棄して生きているようなものですからね、そもそも生活のほかになにも考えない人生はつまらないでしょう」

「本は分かりますが、お酒もですか」

「もちろんです、男は酒を飲みながらいろいろ考えます、相手がいれば議論にもなる、体質で飲めないならともかく、財布を気にして飲まない男にろくな人間はいません」

「そうでしょうか」

「そうです」

これは自己弁護であったが、その後のデートが酒とセットになるように仕向けた巧妙な手口でもあった。酒なしに彼の一日は愉しいものにならない。

ボトルのワインが終わると、彼は真弓にカクテルをすすめた。彼自身も強い酒が欲しかったし、次のボトルをもらっても彼が飲み干すことになるからであった。

「お子さんは再婚についてなにか言いませんか、そういうことに敏感な年頃でしょう」

「ふたりとも私の好きにすればいいと言います、そのうち会ってやってください、下の子はほとんど父親というものを知りません」

「いきなり六十近い父親ができるのも、なんだか可哀相《かわいそう》ですね」

自信のない船岡は混ぜっ返した。子供のことはさほど気になっていないが、真弓の期待がどれほどのものか分からなかった。いわゆる父親らしいことで済むのか、心から支えることになるのか想像がつかなかった。いずれにしても編集者の不規則な生活を子供がすぐに理解するとも思えないし、なんらかの困難は覚悟しておいた方がよさそうであった。

「自然に近しくなってゆけたら一番いいのですが、こればっかりは相性もありますからねえ、どうなりますか」

「良い本をプレゼントするのはどうです、お仕事への理解にもなります」

「それなら簡単です、本なら売るほどありますから」

真弓はその夜初めて笑った。男というものに構えていながら単純なことで笑う女に、船岡は小さな休らいを覚えた。職能と自己主張を武器にして男たちの皮肉と冗談の嵐の中で働いている同僚の女性はそうはゆかない。ささやかなユーモアを素直に受けとめてくれる女は貴重であった。

好きな酒と食事とお喋りの夜はそれなりに愉しく、真弓は酒が入ると、心なしか肩の力が抜けていった。男と二人きりで酒を飲むことなど、二十年も前に卒業して家庭に生きてきたのだろう。世間が狭くて困ります、と言って自嘲するあたりは実社会を忘れていない証拠でもある。そういう女に清潔な人を感じるのが男で、船岡も例外ではなかった。

「次は明るいうちにデパートで買物でもしてみませんか、お互いの好みが分かります」

「なにを買います」

「バーゲンのシャツとかスカーフとか、ひとりだと女性服売場は照れ臭くていけません」

生活臭い話は結婚に前向きな気持ちを匂わせて、婉曲な意思表示でもあった。彼女には上等の下着を見繕い、ホテルの部屋で試着してもらうという手もある。そんなことは口に出せないものの、思い描くと張り合いになった。長くひとりでいる男は見窄《みすぼ》らしくなるか、飄々とした人物になるか、いずれかだが、船岡はそのどちらでもなかった。まだ新しい生活を考えられる自由とゆとりがあるからだろう。数杯のハイボールを飲んで、ウォッカを

もらおうとしたとき、

「そろそろ帰りませんと」

と真弓が言った。時計を見ると十時近かった。編集者の感覚で遅くまでつきあわせるわけにもゆかないので、次の約束をして船岡は今日の収穫にした。タクシーで三十分ほどのところに真弓は暮らしている。上の娘はなんと言って出迎えるのだろうか。多感な年頃の子供を想像すると、なにかなしに親の気分になるから不思議であった。

外へ出ると、彼はタクシーを拾って真弓にタクシー券を渡した。暗いとも言えない都会の夜気の中で、頭を下げる女は美しく見えていた。この人でいい、早く抱いてみたいものだと思いながら、走り去る車を見送るうちに会社へ戻るのも億劫《おっくう》になっていった。


休日の朝方、早く起きる船岡はアメリカ風の朝食をこしらえた。卵とベーコンをたっぷり焼いて白い皿に盛り、トーストしたパンにはバターかジャムを塗る。手許にはコーヒーのかわりにビールがあって、読みさしの本と競馬新聞が待っている。この気儘さがなによりの贅沢であり、老後の理想の生活スタイルであったが、定年退職の迫る歳になってみると、自由の裏側から予期しない不安が侵食してきたのだった。

糖尿病の予備軍でもある彼が怖れはじめたのは、晩年の自適の代償に孤独な最期を遂げることであった。若いころには遠くに見ていた死が、避けようのない加齢とともに近づいてきたこともある。そのことを意識したときから結婚観が変わって、窮屈な部分を我慢してもひとりで終わるよりはましではないかと思うようになっていた。束縛を嫌う人間の身勝手な発想だが、相手の幸福も考えるくらいの分別はあるし、いわゆるご都合主義というのでもなかった。

「今はいいが、そのうち淋しくなるよ、病気のときは心細いし、自炊もできない、好きな人がいたら今のうちにくっついてみて、嫌になったら別れればいいのさ」

出版部の先輩が言った言葉も、踏み出すきっかけであった。仕事に追われていると、人生を忘れて日を過ごし、休日の休らいに自足してしまうところがあった。

酒の次に賭け事が好きな彼は週末の競馬を愉しみ、予想という知的な作業を余暇の張合いにしている。ひとり暮らしの漠とした物足りなさに酒と競馬ほど寄り添ってくれるものもなく、朝のビールにはじまり、昼のワイン、夜のウイスキーへと流れてゆく。それで肝臓を痛めたこともないのだから、案外丈夫にできているのかもしれない。

食事を摂りながら、彼は午後の重賞レースの馬券の買い方を考えはじめた。期待する馬の調子や性質はもちろん、枠順や騎手も大事な要素である。馬券は一万円までと決めているが、直感や冒険心から大穴に賭けることもある。たいていは負けて、たまに大勝ちするのはパチンコと同じであった。勝てばいっそう打ち込むのも同じだが、競馬に最も知的なゲームを感じる船岡はほかのギャンブルはやらない。その辺が彼の性情でもある。だから仕事や自由をふいにするような破滅には至らない。

それは異性に関しても言えて、長くつきあいながら、結婚というある種の破滅を迫られると袖にすることがよくあった。相手には屈辱で、執念深くつきまとう女もいたが、彼は逃げまわった。体を許したから結婚という時代ではなかったし、女の側の計算につきあうほどの甲斐性は自分にはないと都合よく考えた。愛情と肉欲の境目がはっきりしないために、行ったり来たりする。年を重ねて真剣に結婚を考えた時期もあったが、やはり最後の最後で自由を選んでしまうと、皮肉なことに前よりも頼りない未来が残った。そんなことを繰り返してきたので、彼の人生は自由でありながら侘しいものになりかけていた。

食後に一週間分の家事をして、競馬仲間とメールの遣り取りをし、馬券を買うともう昼どきであった。近所のスーパーで買ってきた焼肉弁当を広げて、彼はワインを飲みはじめた。そうして休日の酒は気儘につづいてゆく。飲んで粗暴になったり絡《から》んだりするわけではないが、一緒に暮らして理解できる女がいるかどうか。

「とことん飲んだら、どうなるのかしら、ねえやってみなさいよ」

そう言った女がいたが、次の日にはひと月暮らした部屋を出ていった。泥酔して正体なく眠る男に味気ない未来を見てしまったのかもしれない。

船岡は未練を覚えるでもなく、一週間もするとすっかり忘れた。一緒にいても家庭にはならなかったし、置き手紙とも言えない走り書きに「これっきりにしましょう」とあったので、連絡もしなかった。後腐れのない仲という意味では互いに最良の友であったが、生活共同体としては最悪の関係で、平気で築きかけたものを破壊するのだった。

その点、酒は彼を裏切らない。愉しいときも辛いときもつきあってくれるし、放っておいても面倒なことにはならない。それどころか自由を満喫させてくれる。彼にとって飲むことはごく自然な習慣であって、人目を憚《はばか》る理由もないのだが、つい酒を過ごすきっかけになるのがワインであった。

瓶にワインを残しておけない彼は、家でも一度あけると空《から》にしないと気がすまない。けれども一瓶のワインはたった五杯のグラスであいてしまう。次の瓶をあけるか、スピリッツにするかで迷い、六杯目のワインを口にすると、そこから切りがなくなるのが常であった。この六杯目には酒浸しの一日を自分に許した爽快さと、ケセラセラめいてゆく不穏な味とがあった。

その日も彼は二本目、三本目とワインの瓶をあけて、競馬中継がはじまるまで飲みつづけた。その間、読みさしの本を少し読み、真弓のことも考えたが、とろんとした目にはもはや壮年の男らしい渇きも分別も見当たらなかった。

広いエレガントな空間にボサノバの流れるバーは南青山の美しい街中にあった。すぐ先に真弓が学んだ大学があり、あたりは彼女の庭である。若い気持ちに還ってくれたら、と船岡は計算し、その日がくると朝からいろいろ期待しながら過ごした。

珍しく陽のあるうちに退社してやってきた彼は、今日こそよい返事をもらおうと気負っていたが、中へ入ると幸先を感じてうっとりした。大人のデートにぴったりの雰囲気に迎えられ、待っていた真弓も母親の顔を捨てているかに見えた。胸元の少し開いたブラウスが無言の誘いにも思われた。

「約束の五分前です、今日はこれまでのルーズな振る舞いを挽回するつもりです」

「ネクタイが似合いますね」

と真弓も馴れたのか笑顔で応じた。

夕食には少し早い時間だったので、彼らはカクテルをもらい、色とりどりのカナッペを分け合った。船岡はダブルのブラディメリーを嘗めながら、話のきっかけに真弓の子供たちに贈る本のことを話題にした。

「中学生の娘さんにはいろいろ考えられますが、小学生の男の子となると意外にむずかしい、本よりアニメやゲームに夢中のときでしょうし」

「ときどき私の本を持ってゆきます、どこまで読んでいるのか分かりませんが、女性の心理に興味があるようです」

「それはすごい、末はドンファンですね」

「まさか、どちらかというと学究肌です、あれこれ調べて、知ったつもりになって、人に教えたりするのが好きなようです、読書を嫌がる子供ではありません」

「今どきの子にしては変わっていますね、もし早熟なら大人の小説でいいでしょう、なんだかこっちが負けそうだな」

そう言いながら船岡は気分がよかった。大人が本を読まない時代になって、出版社も失速する中で、本読みの子供の存在は希望であった。仕事で思わず唸《うな》るような佳い小説に巡り会えなくなった彼は、少し古い日本文学や海外文学の中に私的な読書の愉しみを見つけているが、そういうものを贈ればすむことのようであった。読書家の親がいて家に本があるから子も読むようになったのだろうし、そこに編集者の自分が加われば完璧ではないかとも思った。父親として教えられることがあるのも結婚を支える要素に思われ、密かな自信につながった。

「おもしろいことになってきました、いやあ実に愉快ですよ、この調子でざっくばらんにやりましょう」

彼は言い、二杯目のブラディメリーをもらった。未成年の子供と暮らす手前、真弓は家では飲まないのかもしれない。細いグラスのソルティドッグを持て余している。人間が整いすぎている、と前から感じていた船岡の目に弾力のない家庭が浮かんだのは不意のことであった。大黒柱を失った一家の生活を彼女はあまり語らないが、やはりなにかが欠落しているに違いなかった。親も子も行儀がよすぎて、躍動する幅がないのではないかという気がした。

「たまには羽目を外して飲んでみたらどうです、今日は本当に送りますよ、酔っ払ったおかあさんなんてのも子供にはいい教材かもしれない、少なくともなにか考えるでしょう」

「そっぽを向かれるか小馬鹿にされるのが落ちです、今の子は親まで観察して他人のようなことを言います、とても敵いません」

真弓は真顔で自嘲した。一杯のソルティドッグにも自制心が働くのか、口をつける真似をしている。船岡は話を戻した。

「まだ頭だけで生きている証拠です、そのうち実社会を知ったらどうしたって変わりますよ、このバーの客をご覧なさい、こんなに大勢の女性が愉しそうに飲んでいるじゃないですか、共働きの人も母親もいるでしょう、家には職場より窮屈な現実が待っているかもしれない、なぜ大人が酒を飲むのか、理解すべきです」

「そのままを私が言ったとしても効果はないでしょうね、そういう子供たちです」

「男の出番ということになるのかな、私ならはっきり言ってやりますね、よい意味で大人の顔色を読める子になってほしいから」

「結婚を前向きに考えてくださるということでしょうか」

「もちろんそのつもりでお会いしていますが、私が結婚するのはあなたで、子供ではありません、だから今日は私につきあってください、カクテルは苦手のようですから、食事とワインにしましょうか」

酒を飲みたい彼はウェイターを呼んで安いワインを瓶ごともらい、料理は真弓に任せた。上等なバーの料理はエスニック風で、よく分からないこともあったが、写真を見る限り美味そうであった。

ワインがくると真弓はカクテルよりもよく飲んで、話した。近くの大学で英文学を学んだことや、卒業後貿易会社に勤めたことなどであった。やはり大学で英文学を専攻した船岡が当時の話をすると、時差があるのに同じ本を読んでいたりするのがおもしろく、意外でもあった。卒論にシェークスピアを選ぶ学生が多い中で、トマス・ピンチョンを論じた船岡は果敢な変わり種であったが、怖いもの知らずで生き生きとしていたころの面影はもうない。それは自覚している。だから臨時の力をくれる酒を飲むと言ったら、子供は分かるだろうか。

「私も普通の男ですから、長く社会の波に揉まれて丸くなり、今ではなけなしの自由を愉しむことで自尊心を保っています、これは結婚しても変わらないと思いますので、好きなものはやめません、あなたにもそういうものがあるでしょう」

「さあ、なんでしょう」

「あるはずです、たとえば夜中にひとりで食べるメロンとか」

真面目に首を振る女を新鮮に見ながら、船岡は訝《いぶか》った。扱いやすいといえば扱いやすい人だが、ひどく頼りなくも見える。根が従順なのか、かまととなのか、分からない気がした。いずれにしても踏み外したことがないのだろうと思い、試してみようかと考えた。

食事の途中でワインが切れると、彼は迷わず新しい瓶をもらった。彼の方が話し込んで、まだ三杯しか飲んでいなかったから、真弓が二杯飲んだことになる。三杯目のワインを注いでやったとき、彼女が思い出したように時計を見て電話をしに立ってゆくと、船岡は窮屈になってきたネクタイを外してポケットに仕舞った。相手が結婚を望んでいることが分かると急に冷めてくるのも彼の性情であった。

じきに戻ってきた真弓は微笑みながら、今日はゆっくりできそうです、と報告した。

「お話を聞くうちに、なんだか羽目を外したくなってしまって」

「そうしましょう、きっと思い出に残る夜になります」

目が合うと、彼女は恥じらう表情になった。それからまた嘗めるようにワインを飲みはじめた。

ふたりで飲むと一瓶のワインはたちまちなくなる。物足りない船岡は次の瓶をもらうか酒を変えようかと考え、結局どうでもいいような気になってワインをもらった。

「こんなにワインをいただくのは久しぶりです、船岡さんはどれくらい飲めるのですか」

「ワインならいくらでも」

鬼門の六杯目を流し込んでしまうと、彼は気が大きくなってゆき、ワインを飲みながらバーボンのオンザロックももらった。真弓は変わらないペースでワインを嘗めていた。話すことは仕事の失敗談であったり、真面目腐った文学論であったりした。

真弓は話についてきたが、やはり自身のことはあまり語らなかった。船岡が水を向けても、最小限の言葉で話を切ってしまう。その夜、彼女が最も舌を振るったのは、自宅のマンションのベランダに鳥が巣を作ったことであった。

「雛が孵《かえ》ってしまって追い払うこともできませんし、洗濯物を干せませんの」

「それはお困りでしょう」

「管理組合に相談してもなにもしてくれませんし、毎年巣作りをされたら本当に困ります、一度見にきていただけませんか」

真弓は急に近しい気持ちをみせて、そんなことまで言った。

こうしたときの船岡の感情は後ろ向きに働いて、直感というのでもなく、この女と結婚したらまずいことになるのではないかと危惧した。数えるほどのつきあいで一生を決めてしまうことにも、今になり恐怖に近いためらいを覚えた。誰とつきあっても最後にはこの漠とした不安に呼びとめられて一気に後退りするのだったが、今日もそこへ向かっているような気がしてならなかった。それとは別に希有な機会を物にしたい気持ちもあった。

「ちょっと座り疲れましたね、もう一杯やったら外へ出ませんか」

「そうですね」

真弓は時計を見て、うなずいた。

それぞれに好きな酒を飲んで外へ出ると、夜の街は明かりを湛《たた》えていたが、ふたりはどちらからともなく寄り添って歩いた。船岡はいつになく酔っているのを感じながら、女の腰に手をまわした。真弓は放恣《ほうし》ないっときを覚悟したらしく、嫌がりもしなかった。

そうしていると彼はなんとなく幸福であったが、心の底は冷めていた。気持ちを覗かせた若々しい女を放置するのは野暮というものである。そのうち自分が結婚しようとしている理由も忘れて、

「結婚なんてものは弾みでするものかもしれませんね、この歳になるとあれこれ考えすぎていけません」

そんなことを言っていた。出任せだが、まんざら嘘でもなかった。

真弓はうんともすんとも言わずに下を向いていた。そのなにか決心した感じが執念深い女のそれに似ていたので、船岡は少し先にある小さなホテルへ向かいながら、この女とはこれきりにしようと思った。彼の中では勝負事に等しい骨折りと喜びの帳尻が、そうすることで合うのであった。

彼女の気が変わらないように、彼は思いつくまま優しい言葉をかけていた。明日からは

終わるために素気《すげ》なくするだろう。他人のために自分が傷つくよりはいい。突きつめればそんなところが彼の自由であったが、そのために失いつづけてきたものを惜しむことにはならなかった。ずっとそうして生きてきたので、またひとつ苦い記憶が増えるだけのことであった。

通りの先にホテルのエントランスが見えてくると、船岡は常識家らしく振る舞うために女の腰から手を離した。洒落た街にしてはこぢんまりとしたホテルは彼がかつて作家を缶詰にしたビジネスホテルで、受付の事務員にも顔を知られているからであった。

「今から私の妻になってください」

彼は臆面もなくそう言った。その言葉で女を懐柔できないことはなかったし、一夜のための駆け引きと思えばどうということもなかった。やがてふたりは夫婦の顔をしてホテルへ入っていった。堂々と振る舞う真弓は品のよい夫人にしか見えない。淑やかな芳姿《ほうし》に船岡は満足し、キーをもらうと自動販売機で酒を買い、さあ行きましょうと真弓に目配せをした。そこまでは前の女のときと同じであった。違うとすれば急に惜しい気がしてきたことと、十分後には女の秘めた魅力に負けて不本意な無償の愛に溺れてゆくことであった。

あなたの香りのするわたし

the eighth story

春先から朝の気配を感じるようになって目覚めがよくなると、美佐子《みさこ》はようやく自分の季節が巡ってきたと思った。冬眠してやり過ごしたいほど冬の暗さが苦手な彼女は、寝床から窓越しの陽射しを認めるだけでも気分がよかった。たわいない験担《げんかつ》ぎだが、これから始まる一日になにかしら好いことが待っているような気になるし、そうして頼りない日々を凌いできたので気を引き立てるきっかけになった。

もっとも母と娘がともに働く女ふたりの家は朝からせわしなく、大急ぎの家事と食事で時間はすぎてゆく。夜は夜でまちまちの帰宅になるので、しみじみ互いの顔を見るゆとりもなかった。日中は空き家となる家に男の匂いがしたのは十年も前のことである。夫に先立たれてから、美佐子は長い前途のために復職し、やがて学業を終えた娘は看護師になっていた。都内の大学病院に勤めて、一日を使命感と緊張のうちに過ごす弥生《やよい》には夜勤の日もある。商事会社に勤める美佐子がたまに夜遅く帰宅すると、

「冷蔵庫にスーパーで買った駅弁が入っています」

などと書かれたメモがあればいい方で、長旅から帰った人のように寝ている。親の帰宅を知るのは翌朝のことで、昨夜はなにをしていたとも訊かない。逆のときは美佐子が訊くが、「急患よ」とか「手術が長引いたの」とか言うきりであった。若いのに寝起きの悪い娘はなんとか食べて身支度をして、また出かけてゆく。人生のとば口に立ったばかりで疲れて見えるのは、毎日大勢の病人を相手にする仕事のせいであろう。事務職の美佐子は人疲れするといってもせいぜい社内の人間関係くらいであったから、退社時刻がくれば嫌なことは忘れた。女性も定年まで勤め上げる時代になって、未亡人でも堂々としていられることが女の生きる幅を広げてくれたとも言える。一度辞めた会社に復職できたのも時代のお蔭であろうし、その部分では幸運な女を自覚している。

休日が重なると、忙しい母娘は黙々と家事をこなして、ご褒美に外食をする。弥生には若い仲間との交遊があるので、いつもとはいかないものの、近所の鮨屋やレストランで酒をもらい、語らう時間は愉しい。

病院の匂いを落として娘に還る弥生は、外ではよく食べて、鮨なら二、三十貫も摘まんだ。美佐子は酒の肴にして小さなにぎりをもらう。弥生が話すことは仕事のことであったり、死んだ父親のことであったりした。あるとき鮨台に向かって並んでいると、顔馴染みの主人が、

「もう十年にもなりますか、歳とともに味の出るような人でしたがねえ」

としみじみ言った。線香代のかわりでもあるまいが、付台に故人の好んだ平目の縁側が出てきた。そんなさりげない気遣いを下町生まれの美佐子は粋に感じたが、スマホが世間の弥生は気づかない。

夫の亘《わたる》が亡くなったのは弥生が高校生のときで、出張先のパキスタンで心臓発作を起こしてそのまま逝ってしまった。訃報は次の日に美佐子のもとへ届いて、彼女は会社の人とパキスタンへ飛んだが、なにもかも人任せでうなずいていたことしか覚えていない。あまりに突然で、留守番をしていた弥生も悄然《しょうぜん》として過ごした。異国で客死した人を連れ帰るには煩多な手続きがいって、帰国したときにはとうに初七日を過ぎていた。

「おとうさん、あんまりじゃない」

遺体は向こうで荼毘《だび》に付されたので、遺骨と対面した弥生はそう言って泣き崩れた。それまでのほほんと生きてきた十七歳の娘の前途は一変したのである。どうにか法要を終えて落ち着くと、美佐子はすぐ働くことを考えて行動した。弥生を進学させなければならなかったし、自分の人生も家のローンも残っていた。まもなく仕事は見つかったが、かわりに娘を放任することになった。

男親のいない家に馴れるにつれて、弥生はなんでも自分で決断するようになり、化粧品も進路も自ら選ぶ子になっていった。看護師を目指すと聞いたとき、ああ、父親の横死のせいだと美佐子は思った。親としてはもう少し楽な仕事に就いてほしかったが、反対するほどの理由も気持ちもなく、若い意志に任せた。将来を見据えている分だけ、弥生の方が冷静で頼もしかった。

美佐子の頼りなさは女ひとりの肩にかかる生活の頼りなさでもあったが、同じ一年を繰り返すうちに麻痺してゆくのも彼女らしいことであった。起きてしまったことにいつまでも囚われないかわり、頼りなく流れてゆく感覚がつづいて、帆柱を失った船でどこへ向かうのかと考え込んだりもした。それは人に知られたくない部分であった。

女ふたりの家は傍目にも心許ない。再婚をすすめる人がいて、再婚を望む男を見つけてきたが、彼女は気が進まなかった。家族の形を整えるために結婚するということがどうにも嫌で、自分の人生ではないと思った。幾度か縁談を持ち込んできた亘の叔母は、物事には時機がある、あとになってその気になってもうまくゆかないものだと言った。

「弥生ちゃんだって、いずれ結婚するでしょう、あと十年もしたらこの家はどうなるかしら」

うまい脅し文句であったが、美佐子は慇懃《いんぎん》に断った。叔母の労に感謝するより、面倒に思う気持ちの方が強かった。夫の死からさして経っていなかったし、この一生を左右する話には男と女が対等であるべき部分が初めから欠落していた。女である前に親であるとしても、人を頼る形の身の振り方を彼女は好まなかった。謝辞を述べると叔母は仕方のない顔をしながら茶菓を片づけて帰っていった。家の前の通りまで見送りに出た美佐子は歩いてゆく叔母の後ろ姿を見るうち、もう滅多に会うことのない人を感じた。よかったのかどうか、その日からそろそろ十年になろうとしている。

東京にも広い斜面に小体《こてい》な暮らしの寄り合う街があって、美佐子の家は高田馬場から川をふたつ越えた中落合にあった。あたりはどこも高台へつづく住宅地である。雨の日は幾筋もある坂道や石段が水の通路になって歩きづらいが、花の季節には無数の花弁が風にも雨にも流れた。

「派手なものはないが風情だろ」

そう言って恐ろしく安い中古住宅を見つけてきたのは夫の亘であった。値段にはそれなりのわけがあって、長く空き家のまま放置されて傷んでいることや、敷地が歪《いびつ》なことであった。なかなか買い手のつかない家は会社の上司の親が残したもので、まだ値切れるという話であった。それでも若かった夫婦にはローンの助けがいったし、結局入居してから修繕する破目になった。

その家がなんとか今日まで持っているのは暴れまわる子供がいなかったせいだが、とうとう軒天が歪み、和室の壁が落ちはじめた。

「修理にいくらかかるかしら、きっとあっちもこっちもってことになるわねえ」

「いっそ売り払って、高層マンションへ越すのはどう」

弥生は簡単に言ったが、更地にでもしない限り売れそうになかった。家がそんなだからか、庭の桜も枯れ残った風情であった。それでも自分を包んでくれる薄衣《うすぎぬ》のようになった坂道の季節や、傍から見れば淋しげな佇まいを美佐子は捨てがたいものに見ていた。

月に一、二度、人と待ち合わせる彼女は仕事の帰りに高田馬場のバーへゆき、少し遅れて男がくるとその話をした。

「大金がいるね、少し融通しようか、それともうちへ越してくるという手もある」

百瀬《ももせ》は明るく言った。今どきの中年にしては懐の深い男で、軽口にもなにがしかの真実があったが、まさか娘を連れて彼のマンションへ転がり込むことなどできるわけがなかった。

「おんぼろでも、お金と若さをそそいだ家には愛着があるのよ、狭い庭にたっぷり土があって木の下陰《こしたかげ》にすみれが咲くのだから」

「贅沢《ぜいたく》と言えないこともないな、すみれは君が植えたの」

「たしかな記憶がないから、たぶん前の住人でしょう、いつか持主がかわっても桜とすみれには生き継いでほしいと思う」

「古い家はいずれ朽ちるよ、残りの人生を考えるときがきたのかもしれない」

彼はうまいことを言い、いまさら急ぐこともないと二の足を踏む女に、生活をひとつにするきっかけを匂わした。それは結婚したことのない彼の願望であったが、そういう男が好きなくせに美佐子は重く感じた。娘より先に身を固めることには女の憚《はばか》りがあって、密やかな性愛を恥じらう気持ちや負の感情が働くと、今のままでいいということになった。

「どうして家の話がふたりのことになるの」

「歳のせいか、このごろ人生は短いと感じるようになった、世間の目や結果を怖れて先延ばしする時間がもったいない、やってみて駄目ならそれも結果だろう、だがそうはならないと思うから、君の気がかりを早く減らして早く落ち着きたい」

国際的な空運会社に勤めて貨物輸送の世界を飛びまわる男は、私生活でも視野が広かった。営業の彼は市場の開拓や顧客深耕《こきゃくしんこう》が仕事で、当然クレームの処理にも当たる。美佐子の会社がメキシコへ送った重要書類が紛失したことがあって、陳謝と追跡調査《トレース》の説明にやってきたのが百瀬であった。会社全体がかっとしているときに、メキシコには着いているので時間をくださいと話す男は堂々としていた。平謝りされるよりは希望があるので、発送担当者として部長と同席した美佐子は、

「あちらの国情や社会情勢を言いわけにされても困ります、引き受けたからには責任をとってください」

そうきっぱり言ったが、彼も負けていなかった。

「ごもっともです、万一のときは私が予備の書類をお預かりしてメキシコへ飛びます、時

間のロスは挽回できませんが、どうかそれでご容赦ください」

オンボード・クーリエといって、いざとなれば人間が運ぶのであった。男が切り札を出して立ち去ると、美佐子はほっとした。あの人なら案外やってくれるかもしれないと思った。

書類はその次の日に見つかり、先方から無事に届いたと知らせがきた。原因を突きとめると、百瀬はまたやってきて現地のドライバーの過失であったと報告した。美佐子は茶を淹《い》れてやった。

「ご心配をおかけしましたが、引き続きよろしくお願いいたします」

「あと二日遅れたら、Ｆ社に切り替えるところでした」

「そのときは私もＦ社に移ります、給料が上がるし、こちらとのご縁も切れません、もしそんなことになったら、こっそり教えてください」

ぬけぬけと言うのを見て、美佐子はおもしろい男だと思った。彼女の知人にはいないタイプで、外資に多いはったり屋のようにも思えたが、印象は悪くなかった。スーツやネクタイの趣味がよかったし、ちょっとしたときに見せる中年の男らしい所作にも好感を抱いた。けれども仕事でどうにかつながる微かな縁であった。

だから、それから半年も経ったある日の夕暮れ、街中で「楠《くすのき》さん」と呼ばれたときは驚いた。デパートで下着を買って出てきたところだったので、彼女は下着を見られたように狼狽し、とまどった。

「なんなの、この人」

と胸の中で呟きながら挨拶も忘れて立っていると、寄ってきた男は笑みを浮かべて、よかったら食事でもどうです、とずうずうしかった。少し先に馴染みの小料理屋がある、接待ではないからお気遣いなく、そんなことを言って、うんともすんとも言わない美佐子を促した。

「買物ですか」

「ええ、まあ」

「私もたまにあのデパートでシャツを買います、特売の安物ですがね」

歩きながら百瀬は旧知のように気さくに話しかけてきた。人の流れる通りで肩を並べると、気忙《きぜわ》しい人や手荷物とぶつかりそうになる。彼はときおり美佐子を守るように体を滑らせて、かわりにぶつかった。

開店してまもない時間の小料理屋はすいていて、ふたりはカウンターに並んでビールをもらった。造りに古さが見えるせいか妙に落ち着く店で、やはり中年の女将は着物に襷掛《たすきが》けという小粋な姿であった。

「珍しいこともあるものね」

と目顔で男をからかうところをみると、気心の知れた間柄なのだろう。百瀬もやはり目顔で「ほっといてくれ」とでも言ったようであった。ビールで乾杯すると、彼は日本酒の並んだ棚に目をやって、ここには東北の酒がいろいろあるから、あとで少しやりましょうと言った。美佐子は飲める方だが、男とふたりきりの酒は久しぶりであったから、いくらか緊張しながら様子をみていた。

「たまにはこういうのもいいですね、会社の同僚とよく飲みますが、たいていは騒いで終わりです」

「私も酔っ払って騒ぐかもしれません」

「どうぞ、どうぞ、ここの客は常連ばかりで行儀がいいんです、女性の客は少ないし、刺激になるでしょう」

「会社はこの近くでしたかしら」

「いや、私は品川の本社ですが、営業ですからどこへでもゆきます、仕事を忘れたいときなど、わざと遠くで飲んだりしますね」

気さくな会話のうちに男はさりげなく自分をさらして嫌みがなかった。美佐子はどちらかというと聞き上手の話し下手で、重い言葉をぽつりと言う。つい言葉が過ぎてたまに相手をむっとさせるが、意地が悪いどころか思いやる気持ちがあるので、馴れると相手も気にしなくなる。そのときも緊張していながら、酒がまわるとはっきり物を言った。

「小耳に挟んだのですが、楠さんのご主人は外国で亡くなられたそうですね」

「そんなこともありました」

「もうその国へは行きたくないでしょうね」

「考えたこともありません、時間もお金もないし」

「さっぱりした人だなあ」

珍しいのか百瀬は嘆息した。

「恐ろしく平凡なだけです、男の人って仕事だけのようなところがあるでしょう、私は単純に生活のために働いています、能がないので芸術家のような生き方はできませんが、仕事中毒にもなりません、同じことで終わったことに執着する質ではありません」

「平凡と言いましたが、女性の典型とは違いますね、どちらかといえば過去にこだわる人の方が多い」

「男性の偏見じゃないかしら、ぐじぐじ、くよくよ、めそめそする女の方が可愛らしく見えますからね、でもそんな女ばかりだったら刃傷沙汰が絶えないでしょう、弱々しく見えても女はちゃーんと計算しますのよ」

「勉強になります」

「ひとついいことを教えましょうか、食事に誘った女に不躾な質問はしない方が身のためです」

聞くともなしに聞いているのか女将が笑いを堪《こら》えているのを見ると、美佐子は一脈通じるようで気分がよかった。百瀬は参ったという顔であったが、むっとするでもなく、彼女のために会津の銘酒を選んで勧めた。それが本当に美味しいお酒で、気の利いた料理と危険な語らいによく合った。

ぽつぽつと客が入ってくると、まもなく男は勘定をして次の店へ誘った。近くに洒落たバーがあるという。

「よくご存じね」

「一緒にいて愉しい人としか行きません、ちょっとだけつきあってください」

人恋しい口ぶりであったから、美佐子は意外な気がした。ずうずうしさは都会に生きる淋しさの裏返しかと思った。

半地下のエレガントなバーで彼らは少しばかり飲んで、その晩は別れた。美佐子はうっかりして下着の入った袋をどこかに忘れてきたことに、帰宅してから気づいた。張り込んだ分だけ惜しいが、そのために二軒の店に顔を出すのも憚られて、あきらめていると、数日後に百瀬から連絡があって忘れものを渡したいと言ってきた。

「見たの」

「発見者の義務として」

「高くつくわよ」

そんなことからときどき会うようになってゆくのも、自由な中年の女と男のなりゆきであった。美佐子には守らなければならない娘との生活があったが、それだけというのもつまらない。男と酒を飲んで悪いことはないし、つきあってみると百瀬には歳相応の分別があって優しい。頼りにもなる。うっすらと霜の降りたような人生の寒さを強がりで隠す女を、彼は見抜いて暖め、自身も遅れてきた幸福に染まった。すると放恣な夜の向こうに確かな未来が透けて見えてくる。

「一緒に暮らすことに、なんの問題がある」

「娘をひとりにはできません」

「もう大人だと思う、少なくとも病院で様々な人生を見ているのだから」

彼は言った。

そのときから今日まで、この話題が立ち消えることはなかったが、美佐子は娘を差し置いた結婚や同棲を憚る気持ちから、はぐらかしてきた。彼女にとって男と暮らすことは娘を含めた幸福でなければならなかった。高田馬場で待ち合わせるようにしたのも、弥生になにかあればすぐ家に帰れるからであった。

「古い家に執着するのは君らしくないね、大切な思い出があるとしても、なにかと荷厄介《にやっかい》だし、このまま終《つい》の棲みかにはできないだろう」

今日も彼は言い出した。飲みはじめたときと違って真顔であった。

美佐子はしかし、そうして結論を出そうとする男を持て余した。家に対する愛着は人にうまく説明できないところがある。マンションなら割り切れるかもしれないが、東京の一軒家は手放したら二度と手に入らない気がするからであった。そのことと結婚は別の話でなければならない。

「あの家をなんとかして弥生に残してやりたいの、ほかになにもあげられないから」

「彼女もいつか結婚するだろう、相手に依ってはただの荷物になりかねない」

「結婚して便利なマンションに住みたいというなら、それはあの子の自由です、でもそれまでは私たちを守ってくれる家です、くだらない執着かもしれませんが、細々とやってきた女にはとても大事なことです、あなたにもこれだけは捨てられないというものがあるでしょう、それとも代用品で誤魔化しますか」

返事のかわりに、百瀬はウイスキーを嘗めて黙った。しばらくしてから、思いつめたように口を開いた。

「実は近くバーレーンに転勤することになった、少なくとも三年は帰れない、急な話ですまないが、向こうで一緒に暮らすことを考えてくれないか、娘さんには当分困らないだけのものを渡せると思う、中落合の家がそんなふうなら、空き家になる私のマンションに住んでもらうこともできるが、どうか」

不意だったので美佐子は息がとまった。今日はこれから美味しいものを食べて、ゆっくり過ごす予定であったから、一遍に愉しみを奪われた気がした。百瀬もいろいろ考えたうえで言っているのだろうが、なんとか月給をもらって娘と暮らす女に外国生活の話は唐突すぎた。出発はいつかと訊くと、四、五週間後だと彼は答えた。それまでに一生を決めろというのであった。

「ごめんなさい、混乱してすぐには答えられません」

「無理もない、気持ちを落ち着けるだけでも時間がいる、引っかかることがあったら、なんでも訊いてくれ」

彼は言ったが、美佐子は言葉を継げなかった。今彼を失うことはもちろん、会社を辞めることにも不安を感じるし、弥生を置き去りにするのも気がかりであった。なぜ大阪や福岡ではなくバーレーンなのか。バーレーンの次はどこへゆくのかと考えると、途方に暮れる思いであった。女の顔に怪しい雲行きをみると、百瀬は懐柔策をちらつかせた。

「君がどうしても嫌なら、会社を辞めてもいい、しかし同じ業界で働けば同じことが起こるかもしれない、それなら思い切って行ってしまった方がいいような気がする、待遇は悪くないし、勉強にもなる、異国の三年はあっという間に過ぎるだろう」

「あなたについてゆくとして、私は向こうでなにをするの」

「仕事をしたいなら見つける、休暇にはふたりでヨーロッパへ旅する、イギリス、ベルギー、ドイツにかつての同僚がいる、彼らとスイスで落ち合うなんてのも夢じゃない」

「地球も狭くなったものね」

美佐子は皮肉になりながら、男の真摯な手管に持ってゆかれる気がした。けれども、いいわ、行きましょう、と言うには決定的な要素が足りなかった。それはやはり娘の人生を守るものが見えてこないことであった。

しばらくしてバーを出ると、花を散らす風が立っていたが、あえかな風情とは無縁の通りをふたりは歩いていった。美佐子は男の腕に摑《つか》まりながら、悄然としていた。心が余所見をしているのだったが、夜の街を歩くうちになんとかして明日への手がかりを摑みたいと念じはじめた。こんなことで終わりたくないと思うほど、熱い感情に任せて未知の世界へ飛び込むことができなくなっている自分を罵りたくもあった。

弥生の夜勤が明ける朝方、ホテルから先に帰宅した美佐子は御飯を炊いて、風呂を立てた。世間も休日のせいか、窓から見える朝の街はひっそりしている。昨夜の風で散った花弁の道を歩いてきた彼女は食事の支度を終えて一息入れながら、家の桜の散り際を見逃したことを悔やんだ。桜は満開の姿も若葉のころもよいが、散るときの情趣に勝る眺めもないからであった。見逃すことは記憶にないほど久しぶりであった。

時計を見ると弥生の帰宅にはまだ時間があるので、彼女は湯を浴びて、寝不足の体を洗った。百瀬が使うオーデコロンの香りが移ることがあって、男っ気のない家では不自然な刺激臭になる。だが夫の亘がいたときはなんでもなかったことを不意に思い出すと、女所帯のたわいなさを味わうことになった。

亘のものは安いローションであったが、寝る前に髭を剃るので寝室にさわやかな匂いが籠った。美佐子にはそれが夫の匂いであったから、街中で同じ匂いを嗅ぐと、ついあたりを見まわしたりした。運よく発生源を突きとめると、とっぽい若者だったりする。彼女は寄っていって、紛らわしいことをしないでくれない、そう言ってやりたかったが、できるはずもない。かわりに上等のローションを買って夫にプレゼントしたのを覚えている。

「今までのでいいよ」

たしか彼はそう言った。変化を好まない人で、代わり映えのしない服を溜め、安価な枕をへこむまで使った。たぶん浮気はしなかっただろう。もう彼のものはなにも残っていないが、なにかしら頑固なものを心に植えつけられたらしく、これは私じゃないなあ、と美佐子を当惑させることがあった。彼女はきれいに忘れたつもりでいたが、夫婦の歳月はそういう形で尾を引くのかもしれなかった。

「パキスタンは親日的だし、心配することはない、庭の手入れでもして待っていてくれ」

妻子の同行を考えることもなく出かけていった男を、彼女は思い出した。いずれ自分が帰る場所に家庭があればそれでよく、そのときまでなにも変わらないことを望んでいたに違いない。洗面所の鏡に向かって化粧水をつけていると、そういう夫の性質に感染して後生大事にくたびれた家を守ってきたような気がしてきた。心配することはないと言った夫は、女の淋しさを甘くみていたと思った。

彼女は洗い髪を整え、洗濯機をまわして台所へ戻った。

「バーレーンだろうとどこだろうと君を連れてゆく、そう決めたから降参してほしい、離れなければ家なんかあとでどうにでもなる」

明け方、そう言った百瀬の声もまだ耳に残っている。こっちが本来の私ではないのかと思うものの、気がかりが邪魔をして逡巡を繰り返した。ゆくか残るか、結論は二つにひとつであるのに、どうしても決められない。自分のことながら弱くなったものだと呆れ、萎《しお》れた。

テーブルに新聞を広げてぼんやりしているところへ、弥生が帰ってきた。

「くたびれたあ、御飯できてるう」

元気そうな声を張りあげて、玄関からまっすぐ台所へやってきた娘は手も洗わずに牛乳を飲み、バナナを貪《むさぼ》った。まるで欠食児童の勢いである。女が最も輝く年頃なのに、と呆れて眺めていると、

「夜勤明けの体にここの坂はきついのよ、一遍にお腹がすくの」

魚肉ソーセージを片手に寄ってきた。

「育ち盛りの男の子じゃあるまいし、それくらいにしておきなさい」

「ご飯を食べたら、少し寝る、あとで公園にでも行ってみない、ちょっと話があるの」

「リフォームのことなら、もう少し時間をかけて検討しないといけないわ」

「ううん、もっと大事なことよ、一生の問題かな」

そのとき匂うものがあった。

美佐子は仕舞い忘れたハンドバッグに気づいたが、そんなものから匂うはずがない。休日の朝の家には母と娘のなりをした女がふたりいて、いつもと同じ顔をしている。美佐子の目にいっさいが見えてきたのは不意のことであった。親には子供っぽい仕草を見せる女に今どきの若い人を感じながら、もし恋愛や結婚の相談なら、自分の身の振り方も考えなければならないと思った。

「食事の支度をするから、先にお風呂に入ってきなさい」

匂うのは娘の体であったから、美佐子は動揺を隠してそう言った。ある淋しさと嫉妬の入り交じる思いであったが、娘は娘で自身の人生を決めてよい年齢であった。その未来は長く、美佐子のそれは晩年へと向かう儚さの中にある。しかし、分別とも小胆ともつかない及び腰の愛情を自覚しながら、一方でもう一度女を生きてみたいと夢見てきた。もし弥生が家庭を持つなら、百瀬についてバーレーンへゆくかどうかは自分ひとりの問題であった。

小腹を満たして弥生がバスルームへ消えてゆくと、美佐子は同じ娘の別の顔を想像してみた。女が好きな男に見せる顔は別であろうし、案外大人しやかに振る舞うのかもしれなかった。内と外で顔を使い分けているとしたら、それはそれで一人前の女の証《あかし》でもあろう。ぼんやりしているようにみえて、弥生は奔放な母親を知っているという気もした。

古い造りのせいで髪を洗うシャワーの音が聞こえてくると、彼女は気を変えて長葱を刻み、卵を割った。そうして娘のために食事を用意することも、過労や深夜の帰宅を案じることも、どうやら終わりにするときが近づいているようであった。そのときは自分もひとりの女に還って、ありったけの潜熱《せんねつ》を使い果たしてみようかと思い巡らした。

冷めた味噌汁を温め直しながら、彼女は思い出の詰まった家とも娘とも別れて、異国の仮住まいの台所に立つ日を昨日より近くに見はじめていた。そこに自分という女の本当の人生が待っているような気がするのは、過剰な期待でも錯覚でもなく、そこまで危うい幸福を味わったことがないからであった。したたかな百瀬の影響であろうか、娘の長いシャワーの音を聞くうち、未熟ななりに足下を固めてゆくのが若さなら、自分のそれは凡庸に流れた若さからの飛翔かもしれない、そう思った。

海のホテル

the ninth story

亜季子《あきこ》は今度夫が帰国したら、すぐにでも離婚の手続きをはじめるつもりであった。いつまでも問答を繰り返しても埒《らち》が明かないばかりか、好きな人生がいっそう遠くなるからであった。長く商社に勤めて外国に駐在することの多い男は、仕事に専念したいからと妻を呼ばなかったし、彼女も外国を転々とする暮らしは性に合わなかった。若いころはそれが自分たちの生活と割り切ってどうにか我慢できたが、三十年もつづくとなんのために夫婦でいるのか分からなくなる。仕事を生き甲斐にしながら、自由に遊ぶこともできる男はそれなりに充実した歳月と社会的地位に自足している。経済的に妻を守り、子供にも十分な教育を受けさせたのだから、男の言い分は立つのかもしれない。

「家も貯えもあって幸せな方だろう、欲をかいたらきりがない」

なにかにつけて邦彦《くにひこ》はそう言った。外に生きる男と内に生きた女の温度差はしかし、いつかしら決定的なものになっていた。子供が独立すると母親にはすることがなく、夫が出国すれば妻にはすることがない。人生を振り返る歳になって美しい記憶もないことに気づいた彼女は早く自分の人生を取り戻したいと思うようになっていたが、彼は今のままでいいと言って許さなかった。滞在先のインドやスリランカへ電話すると、何時だと思っている、急用でないならメールにしてくれ、と素っ気なかった。すべてが仕事を中心にまわっているので、こちらの思いを伝える大事なメールもなおざりにした。亜季子は最も身近な人の心ない反応に失望しながら、離婚の意志を固めていった。

一度だけ出張につきあってブラジルへ行ったことがある。治安が悪く、言葉も通じないので、ホテルに籠りきりになったが、ひと月と持たなかった。男には酒や食事に呼ばれたり、逆に人を持てなすことがある。外国のホテルでひとりの夕食をとる自分に亜季子は辟《へき》易《えき》した。邦彦は忙しく働き、確実な成果を摑むまで仕事に没頭する。他人なら、男らしい男であろう。しかしその分、妻の気持ちをないがしろにした。一家の柱として働いていることが彼の言いわけで、収入も十分にあったが、趣味のギャンブルや歓楽に散財する人でもあった。働き盛りの男が女性を買うことはよくあると聞く。彼の性情からして夜遊びと無縁であるとは考えにくいし、女の勘で分かることもあった。ただ外国という別世界でしていることなので、そうした不道徳や背信を離婚の理由にすることはできそうになかった。

「もう説明することにも疲れたし、理由はなんでもいいわ、別れて困ることもないのだから、手遅れになる前に決めましょう」

「この歳で離婚はないだろう、思いつめるのはよくない、帰ったらゆっくり話そう」

彼はそう言ってきたが、本心はどうであろう。弁が立つだけに、亜季子は彼が懐柔してくるときの巧みな攻撃を怖れた。まさか今も愛しているなどとは言うまいが、自分に都合よく固まっている家庭を壊したくないとも言えないだろう。彼にも面倒な妻を疎《うと》む気持ちがあるのが、妙な希望でもある。亜季子は貯金の半分ももらえたら、それできっぱり終わりにしたい気持ちであった。けれども離婚が避けられないとなったら、邦彦は出費を抑えるために責任を転嫁するくらいのことは考えるに違いなかった。いずれにしても良い結果を得るには彼が体面を気にする場所で向き合うのがよいように思われた。

八ヶ月に及んだ北米での仕事を終えて邦彦が帰宅したとき、亜季子はどういう顔で出迎えたらいいのか分からなかった。日に焼けて、いかにも働いてきましたという顔を見た途端に溜めてきた闘志が萎《な》えてゆくのを感じ、繕いようがなかった。目が合うと薄く笑って骨折りをねぎらう素振りをしたものの、彼が靴を脱ぐなり手荷物を受けとって奥へ下がった。あとからきた邦彦は久しぶりの家の匂いを確かめながら、

「やっぱり我が家はいいな、余計な力が抜ける気がする」

と柄にもないことを言った。

三十代で地歩を固めるように購入した横浜の家は古びていたが、亜季子が磨くせいか今

も艶を保っている。界隈の似たような家が安っぽくなってゆくのを彼女は他人事ながら嫌って、対抗するというのでもなく管理に手間をかけてきた。留守を守る女というレッテルを貼られて、気軽に会える友人も近くにいなかったから、ほかにできることもなかった。

大切な書類の詰まったブリーフケースを書斎へ運ぶと、

「風呂に入るから、鮨をとってくれ」

軽い抱擁をするでもなく彼は言い、沸いているのが当然のようにバスルームへ消えていった。お茶を淹《い》れて、明日からの予定を聞き出すつもりだった亜季子ははぐらかされた気がした。帰国早々、重たい話をしてもはじまらないが、風呂と鮨で躱《かわ》されては八ヶ月も待った甲斐がない。彼女は鮨屋に電話をして酒の支度をはじめながら、この常に主導権をとられる関係をなんとか崩さなければなるまいと考えた。間違えば、また長い無駄な月日を迎えかねないからであった。

亜季子が社会性や自主性をなくしたのは結婚後のことである。もともと集団のひとりでいるよりも気心の知れた人との付き合いを好む方であったが、言うべきことは言える性格であった。それがどんどん邦彦のペースに馴らされて、いわゆる献身的な主婦になってしまった。子育てを終えて、気がつくと、彼女のまわりには恐ろしく単調な日常があるきりであった。使い込んだ家具や捨てられない服に積み重ねた歳月を感じながら、なんだかつまらない気がした。放恣《ほうし》な夢を見たり、刺激を求めて大胆なことをする質ではないが、生活のほかになにもない人生を享受するほど無精でもなかった。またその生活があまりにゆるく、必死で生きている人の苦楽を遠くに見ていることにも違和感を覚えた。こんなになにもなくてよいのかと自問し、こんなに幸せなこともないと自答してきた結果、本当になにもない人生の淵に嵌《は》まっていたらしいのである。

邦彦が湯上がりのビールを愉しむのに付き合って、亜季子は土産のバーボンを水割りにしてもらった。話のきっかけに北米はどうでしたかと訊くと、彼は苦い顔をした。

「厳しいね、地域的には歓迎されるが、国が絡むとぎくしゃくする、アメリカ鰻は絶滅の危機にあるというのに稚魚は中国へ輸出されている、それを育てて高値で日本に売るというルートが君臨している、我々は絶滅を阻止することも含めて新しいルートを提案しているが、どこであれ人間は目先の金に弱いから関係者が団結しない、獲り尽くして終わる日がきたら、アメリカは中国から希少な稚魚を買うことになるだろう」

「そのために八ヶ月もかけたのですか」

「それだけやっていたわけじゃない、俺ひとりでもないし」

そういうときの邦彦はくつろぎながらも頭の隅に仕事を引きずり、次の手を思い巡らす表情であった。見馴れた亜季子はこの人から仕事を取ったらなにが残るのかと思うが、夫婦の会話も同じことで、子供のいない今は彼の世界のことに限られた。水を向けた形の彼女は男の仕事を理解しながら、後悔した。帰宅してまもない時間に仕事へ還り、留守中の出来事も訊かない夫を薄情だと思った。

出前の鮨が届くと、邦彦は好きなものだけ摘まんで、亜季子は残りを食べた。北米の話をつづけて満足そうな男と、待ちくたびれた女の心情は噛み合わない。鮨も終わり、邦彦がいくらか酔ってきたころ、彼女は勇気を出して訊いてみた。

「メールは読んでくれましたか」

「ああ、正直なところ読むのが辛かったね」

「私にはもう伝える言葉がありません、そろそろ結論を出してください」

「帰ってきたばかりだ、少し時間をくれ」

「そう言って何年になりますか」

彼は黙って、いつもと違うらしい妻を確かめるように眺めた。片手で酒のグラスをもてあそぶのは落ち着かないときの癖であったから、亜季子は畳みかけた。

「あなたが外国にいる間、私はそのことばかり考えてきました、向こうで仕事をしているあなたと遊んでいるあなたを幻覚のように見ながら、きれいな床に掃除機をかけたり、窓を拭いたり、そうして長い一日をやり過ごすのです、気晴らしに出かけても、この厄介な気分は変わりませんでした」

「関係者を接待するのも仕事のうちだよ、疲れて飲みたくない夜もあるし、心から愉しんでいるわけじゃない、もしそういう不満が溜まってどうにもならないようなら、離婚してどうなるのか、じっくり考えてみたい、一方的に通告してすむものではないだろう」

それは以前にも聞いた言葉で、彼はそのことすら忘れているのかもしれなかった。

「友達は、あなたが離婚に同意しないなら家を出てきなさいって言います」

「親切な友達らしいが、男か」

「まさか、もしそういう人がいたら、私はここまで愚図ではありません、夫婦としての限界を感じたときから、私は自分の人生に還りたくなっただけです」

「始終くっついていれば円満ということになるのかな、世の中には働きたがらない男もいるが、家庭を持ったらそうはゆかない、君は頼りになる男と結婚したのじゃなかったか」

「あなたはどうなの、私を本当に愛したのは結婚する前のことでしょう」

「今日は耳が痛い、そこまでにしてくれ」

邦彦は口論を拒んで、いつものように結論を持ち越したが、亜季子は一気に決着をつけたい気持ちであった。いつも用意している離婚届を突きつけて、終わりにできたらどんなによいだろうと思う。彼女は今日も流れてしまいそうな気配に抵抗しながら、なにか男を呼び戻す言葉を探した。私の前途はもう決まっている、今日をやり過ごしても同じ明日を迎えるだけでしょう。しかし彼が腰を浮かすと、もうどうしようもなくなっていた。

次の日、邦彦は会社へ出かけてゆき、夜更けに泥酔して帰ってきた。

「話したいことがあるのですけど」

「分かっている、今度の休みにでもきちんと話そう」

「それはいつのことです」

「あさってから視察で中国へ出張することになった、なあに一週間ほどだから、帰ったらどこかで食事でもしよう」

「私の好きなところにしてもよいですか」

「かまわない、二、三日は休めるはずだ」

亜季子はまた旅の荷造りをすることになって、明くる朝、邦彦を送り出すと和室に整理したばかりのスーツケースを広げた。そうして着替えを詰める度に彼女は長い自由を手に入れたが、独身の自由と違って羽撃《はばた》くことにはならなかった。会社からいつ急報が届くか知れなかったし、嫁を見張る義母の目もあれば子供の世話もあった。それでも人生を愉むくらいの気骨があったら、離婚はもっと早い時期に考えていたに違いない。子供が親を必要としなくなるときがくるように、妻が夫を、夫が妻を人生の外に置くときがきてもおかしくはないのだと思うからか、まだ致命的な手遅れではないという気持ちも強かった。

「金の苦労をしないだけでも恵まれていると思わないか、刺激的な人生なんてものはざらにあるものじゃない、本の読み過ぎじゃないのか」

まだ若かったころ、そう邦彦が言ったことがある。本も読まないくせに、と彼女は反発したが、考えてみれば彼の方こそ想像力を欠いているのだった。ビジネスの計算は得意だが、曖昧模糊とした人の気持ちを推し量ることができない。相手が妻の場合は狎《な》れもあって、いっそう面倒になるのだろう。けれどもそれで済む時代でもないし、夫婦のありようくらいは考えてほしかった。

旅の荷造りをするとき、彼女はいつもそうした思いにとらわれた。帰ってきて荷物を片づける段には、こんなものが私の歳月を奪ったのかと思わずにいられなかった。雑然とした荷物の中にカジノのチップでも見ようものなら、血圧が上がった。ギャンブルに負けた夜、男がどう鬱憤《うっぷん》を解消するのかも想像がつく。几帳面に下着や靴下を詰めてゆく彼女は、いつまでも甲斐のないことをしている自分にも腹が立った。

北海道に暮らす大学時代からの友人が、

「会社を手伝ってくれない」

と誘ってくれたのも離婚を決心するきっかけであった。英文科を出ながら家業の水産加工場を継いだ女は、今や押しも押されもしない実業家で羽振りがよかった。独身を通したので後継者がなく、最後はどーんと寄付して死んでやると豪語する人であった。亜季子の事情を知ると、なんとかなるから出ておいでと転身をすすめた。彼女の算段は二年後に開店を予定している訪日客向けの海産物店を任せることで、勉強の時間もいる。亜季子は海産物の知識などなかったが、外国人の接客ならできる気がした。

「北海道はなにもかもがビッグサイズよ、ちっぽけな過去なんて蹴っ飛ばしたらすぐに見えなくなる、いいわね、くるのよ」

　彼女は言った。女と女の関係は裏に夫がつくと概してうまくゆかなくなるものだが、ありがたいことに独身の彼女は少しも変わっていなかった。転身の踏切板を用意してくれた友人に亜季子は感謝しなければならない。

　亜季子がすぐにも家を出られないのは、離婚するのが先決という思いに加えて、懐が心許ないせいであった。どこで暮らすにしてもまとまったお金がいるし、これから自己負担になる健康保険や車や寒冷地の必需品を考えると今の所持金ではとても間に合いそうになかった。邦彦は結婚当初から外国流に財布を握って、亜季子には月々の生活費をくれるだけであったから、彼女の貯えもそこから生まれるものに限られた。臍繰《へそく》りもつづけると結構な額になったが、ひとりの生活を築くには十分とは言えない。その不足分まで友人に頼るのは厚顔というものだが、

「いくらいるの、百万、二百万？」

　むきつけに物を言う友人は亜季子の遠慮をもどかしがって、働いて返せばすむことなんだから腹を括りなさいよ、と煽った。

「でも、ずっと働いてないから自信がない」

「だから集中して学ぶんじゃないの、大自然と大きな仕事が待ってるわよ」

「分かったわ」

亜季子は言ったが、期待されるほどの能力はもうないと自覚していた。ただ必死になればどうにかなるという気持ちで立っていた。

定年の見える歳になっても邦彦の仕事中毒は変わらず、ほかに芯になるもののない人間の自負を業績の中に作り上げていた。その意味では亜季子も歳月を尽くした主婦業にいくらかの自負を見出すものの、吹けば飛ぶような誇りにすぎない。日本の女はどうしてこうも家に縛られるのかと思う。彼の老後の設計図にも同じ妻がいて、充実した過去を語りつづけることで威厳を保つような気がする。そこまで見えている夫婦の晩年に価値があると言えるかどうか。亜季子はやはり、たまらない気がした。

出張の支度と家事の一日がすぎて邦彦が中国へ旅立つと、彼女は房総半島の海辺の小さなホテルを予約した。それから自分の荷造りをはじめた。

思い切って行ってみようと決めたのは太平洋の汀《みぎわ》に建つ本当に小さなホテルで、結婚前に邦彦と泊まったことがある。同じ部屋に三日も過ごして子を宿すことになったから、彼も覚えているはずであった。オーシャンビューの客室は朝夕の眺めがよく、情熱の塊だったふたりは目の前に寄せる波を眺めて飽きなかった。沖には玩具《おもちゃ》のような船が見えて動かなかった。

「海が暖かい色をしている、ターコイズと言うのかな、君も好きだろう」

「ここはアカプルコに似ているそうです、海の色は違うでしょうけど」

「いつか本物を見にゆくか、メキシコにはおもしろいものがありそうだ」

「ゆきましょう、きっと一生の思い出になります」

邦彦はうなずいたが、その日からまもなく家庭ができて、子が生まれると、そんな夢を語る暇もなくなっていった。情熱は仕事に偏り、夢は歳月の流れに消えて、再び現れることはなかった。亜季子はいま離婚に向かって気力を絞り出している自分に、もうひとりの若い自分が目を据えて、鼻で笑っているような気がしてならなかったが、そのうち邦彦も同じ思いをするに違いなかった。


秋の静かな海辺は海鳥が多く、風がよいのか遊んでいるかに見える。風はホテルの窓にも当たって、ときおり微かな音を立てた。夕暮れどきに身繕いをして階下のレストランへ降りてゆくと、邦彦がテーブルについていて、歩み寄ってゆく亜季子に微笑した。周囲を意識した意味のない微笑だが、彼女も同じことをした。週末のホテルはそこそこのにぎわいで、食事どきのレストランには若い人たちが壁際の席を好んで囁き合っている。邦彦はほぼ中央のテーブルに食前酒のグラスを立てて手帳を広げていたが、歳相応に分別らしく見えるのが亜季子にはおかしかった。向かいに座ると、

「懐かしいね、リノベーションをして高級な雰囲気になったが、部屋から見える海はあの

ころと変わらない」

そう言って、また微笑した。人中では優しく見えるが、亜季子は懐柔にかかるときの男の手管を感じて警戒した。

あまりメニューも見ずに彼はこれでいいかと訊ね、シェフお勧めのコース料理とワインを注文した。待つほどもなくボーイがボトルワインを運んできた。

「なにに乾杯しよう」

「三十年の不毛に」

彼女は言った。咄嗟に口を衝いて出た言葉で、苦笑するしかなかったから、ふたりはそうした。どういうつもりなのか、邦彦は退職後のことを言い出した。

「前々から外国に移住するのはどうかと考えていた、東南アジアなら安い家もあるし、ときどき日本へ帰るのも苦にならない、環境を変えて、少しずつ生活を築いてゆくのもおもしろいだろう」

「なぜ今、そんなことを言い出すのか分からないわ」

「考えていながら言い出せなかったというのが本当のところだ、言っていたら君は混乱しただろう、思いつめるときの君は負の方へ走るから」

「離婚のことなら、私は冷静です、あなたから見たら負の方向かもしれませんが、それを私の短所のように言うのはやめてください」

亜季子は微笑を絶やさずに話した。感情的になって決裂することこそ敗北であった。

運ばれてくる料理を片づけながら、彼らは味わっていなかった。ワインだけがいつもの潤いのまま胃袋へ流れてゆく。心から愉しめるものではないが、それも破局に向かう夫婦の味に思われた。邦彦は小さなステーキを癇性に切っては口へ放り込んでいった。

「離婚、離婚と言うが、俺たちの結婚はそんなに軽いものだったのか、他人になってなにを目的に生きてゆくつもりだ、残りの人生を考えるなら出直すという手もある」

「それがあなたの言う移住ですか」

「ひとつの方法だろう、新鮮な環境から新しい価値観が生まれることはよくある」

「素晴らしい持論ですね」

亜季子は笑った。散々ひとりの外遊を愉しんでおきながら、新しい価値観もへちまもないものだと思った。脳裡に病原菌という言葉が浮かんだのは突然のことである。なんの目的があるのか、彼らは抗生物質にも耐えて生き残ろうとする。耐えるうちに新しい力をつけて屈強になり、またぞろ人間の内臓を冒してゆく。なんらかの手段で彼らにも絶望を教えたらよいのではないかと彼女は閃いた。

「あなたの未来図はあなた自身のもので、私の移住先はもう決まっています、どんなに詭弁を弄《ろう》してもこの決意は変わりません」

「詭弁とは心外だな、夫婦を維持する努力をしてなにが悪い」

「それです、あなたが本当に守りたいのは言いなりになる妻がいる家庭で、私ではありません、仕事のためならなんでもする人に必要なのは従順な秘書でしょう、私にはもう務まりません」

「仕事に打ち込んで家族を守った挙げ句、悪し様に言われるとはね、逆に君が忙しく働いていたらどういうことになったろう」

「あなたが離婚を切り出したでしょう、たぶんずっと早く」

そのとき、どこからか黒いドレスの女性が現れて、ピアノを弾きはじめた。むかしはなかった演出で、旅先の夕べを愉しむ男女にはよい雰囲気を醸した。亜季子は好きだが、聴き入る余裕はない。追加のグラスワインをもらってしんみりと飲みはじめた男へ、彼女は正面から切りつけた。

「ねえ、いったいギャンブルにいくら注ぎ込んだの、もう言ってもいいでしょう」

「知っていたのか」

「全国的に有名よ、生活費が足りないときもあったし」

「趣味の域さ、一生を棒に振るほどの損はしていない、むしろあれがあったから今日までやってこられたとも言える」

「そこまでして、あなたはなにを手に入れたのかしら」

「ひとことでは言えないね、魅せられた世界を人に説明するのはむずかしい」

彼ははぐらかしたが、たぶん自分でも分からないということだろう。人間は常にはっきりした目的を持って動くわけではないし、折々の欲念に流されてゆく。確固とした意志と目的を持って生きる人は少ない。亜季子もぼんやりと生きてしまった口だが、このままでは終われないことに気づいた。

「私には輝いて見える世界もありませんでした、見つけようともしなかったのです、でもこれからはいろいろ考えながら生きてゆこうと思います、ひとりに還って、自分を生き切るために右往左往しても悪いことはないでしょうし」

「その前にメキシコへ行かないか」

邦彦は意表を衝いた。彼は覚えていたのである。亜季子は心が揺れたが、拒否した。起死回生を狙う男の目は焦点をなくして、表情は無様に見えていた。彼は取り繕うでもなく溜息を繰り返した。唇を濡らすワインは気休めであったろう。しばらくして言った。

「君は強いね、ふつうの人が目標にする安全な暮らしをぽいと捨ててしまう、世間の目も気にならないらしい」

「私の世間はあなたを入れても十人かそこいらです、半径一キロの文化圏で豊かに暮らして終わることが女の幸せでしょうか」

「移住を提案すれば拒むくせに」

「手遅れの提案でした」

「場所を替えよう、バーでもう一杯やりながら妥協点を探そう、それくらいの時間はあるはずだ」

邦彦はグラスを持ち上げて、促す真似をした。敗北を自覚しながら、次の勝負へのめり込んでゆくのはギャンブルと変わらない。バーで飲み直したところで、傷口を広げるのが落ちであろう。亜季子は言うべきことは言ったと思い、封筒を差し出した。

「書類です、判は押しておきましたから、サインをして明日の朝、私にください」

「こんな紙切れで終わりか」

「こんな紙切れで夫婦になりました」

「現実の清算はどうする」

「あとで請求します」

彼女は言い、会計をするように促した。

食事を愉しんだ夫婦らしくレストランを出ると、邦彦は廊下を歩きながら、初めて弱音を洩らした。帰る家庭がないと外国へ出ても不安だという。しかしそれはもう亜季子の人生に関わりのないことであった。

「再婚してやり直したら」

彼女は冷えた言葉を餞《はなむけ》にした。好き合って結婚しながら別れることになるのは、自分を大切にする男と女の業であろう。最後にひ弱な一面を見せた男は、まだ現実を受け入れられずにいるのかもしれない。しかし、すぐまた仕事の虫に還ることだろう。エレベーターで三階までゆくと、邦彦はホールの自動販売機で酒を買い、亜季子にも一本くれた。

「奢るよ」

「おやすみなさい」

長く夫婦を生きてきた人間の、情も恨みも籠る複雑な視線を交わして、ふたりはそれぞれの部屋へ消えていった。

海辺の夜はひっそりとしている。しばらくして彼女は北海道の友人に電話した。

「明日の午後、そっちへ向かいます」

「やっと決めたか、まったくはらはらさせやがって、こっちにきたら、ちまちましたことで悩んでる暇はないからな、覚悟しとけよ」

友人の声が荒れるほど、亜季子は労《いたわ》りを感じて感謝した。この辛辣《しんらつ》な援護射撃がなければ今日という難関もまだ先のことに見ていたに違いなかった。良くも悪くも非力な女の人生を決めるのは人との出会いであろう。まだ運のあることを自信した彼女は、明るく電話を切った。たとえこれから苦労して泣くことがあるとしても、つまらない一生を悔やんで終わるよりはましであった。

ホテルの上階は音も絶えて、そろそろ若い人たちが睦み合う時間であったが、亜季子はもう来ることのない海を眺めるために部屋の明かりを消してみた。曇天なのか月も星もな